DREAMBOOKS★

오렌 퓨전판타지 장편소설

FUSION FANTASY STORY & ADVENTURE

幻野魔帝

# 환야의 미제

**7**

dream
books
드림북스

# 환야의 마제 7

초판 1쇄 인쇄 / 2015년 6월 22일
초판 1쇄 발행 / 2015년 6월 29일

지은이 / 오렌

발행인 / 오영배
책임편집 / 편집부
펴낸 곳 / (주)삼양출판사 · 드림북스

주소 / 서울특별시 강북구 도봉로 173
대표 전화 / 02-980-2112  팩스 / 02-983-0660
편집부 전화 / 02-980-2116  팩스 / 02-983-8201
블로그 / blog.naver.com/dreambookss

등록번호 / 제9-00046호
등록일자 / 1999년 3월 11일

ⓒ 오렌, 2015

값 8,000원

ISBN 978-89-542-5387-1 (04810) / 978-89-542-5380-2 (세트)

* 지은이와 협의하에 인지는 생략합니다.
* 잘못된 책은 구입한 곳에서 바꾸어 드립니다.

이 도서의 국립중앙도서관 출판시도서목록(CIP)은 서지정보유통지원시스템홈페이지
(http://seoji.nl.go.kr)와 국가자료공동목록시스템(http:// www.nl.go.kr/kolisnet)에서
이용하실 수 있습니다. (CIP제어번호: 2015016516)

**7**

오렌 퓨전판타지 장편소설

FUSION FANTASY STORY & ADVENTURE

幻野魔帝
# 환야의 마제

★
dream
books
드림북스

幻野魔帝

환야의 미제

**Chapter 1**

보아라, 죽음의 지평선을!

"모두 두려워하지 마라. 적은 하나일 뿐이다. 우린 충분히 이길 수 있다."

브레이다 대륙의 용자 퓨론은 백색의 장검을 번쩍 쳐들고 외쳤다. 그러자 그의 가디언들도 일제히 무기를 빼 들었다.

"맞습니다, 로드."

"우리가 힘을 합치면 사악한 마왕 하나를 어찌 이기지 못하겠습니까?"

9명의 가디언 로아탄들은 적발의 여마왕 테나를 빙 둘러 포위했다. 그러나 테나는 순순히 그들이 자신을 포위하도록 방관하지 않았다.

"흥! 감히 내가 누군지 알고도 저항하다니 가소롭구나."

그녀는 오른쪽으로 이동하며 퓨론의 가디언들을 하나씩 쓰러뜨렸다. 맨주먹을 그냥 휙휙 휘두르는 그녀의 공격을 퓨론의 가디언들은 조금도 피하지 못했다. 그들은 한 대씩 얻어맞고는 맥없이 쓰러져 버렸다.

그렇게 차 한 잔 먹을 시간이 흘렀을 무렵, 용자 퓨론을 제외하면 테나의 앞에 서 있는 이는 없었다. 퓨론 또한 무사하지 못하고 입에서 피를 흘리며 비틀거렸다.

그는 절망과 비탄이 가득한 표정으로 들고 있던 검을 바닥에 콱 꽂았다.

"으윽! 분하다. 하지만 테나 너도 언젠가 너보다 강한 용자에게 반드시 죽임을 당할 것이다."

퓨론은 서서히 바닥으로 주저앉았다. 전투력의 차이가 월등하다 보니 순식간에 승부가 나고 말았다. 그 사이 그가 가진 대부분의 힘을 쏟아 부었지만, 테나를 쓰러뜨릴 수 없었다. 그저 그녀의 팔뚝에 몇 군데 자상을 입히는 데 성공했을 뿐이다.

테나는 자신의 팔뚝에서 흐르는 핏물을 무심하게 바라봤다.

"고작 너 따위 용자를 상대하면서 이런 상처를 입다니, 이

건 수치로군. 그냥 죽이기만 하는 거였다면 쉬웠는데 굳이 살려야 하니, 퉤! 그래도 로드의 명령이니 어쩔 수 없지."

그러자 퓨론은 참담하게 일그러진 표정으로 절규하듯 말했다.

"크으! 이 사악한 마왕아! 날 죽이려면 어서 죽여라. 그런 식으로 나를 모욕 줄 생각이냐?"

"닥쳐, 새꺄! 넌 만약 딴 데서 날 만났으면 벌써 죽었어."

"으득! 어차피 죽일 거면서 헛소리하지 마라."

퓨론은 쓰러지기 직전이었지만, 그래도 이를 악물고 대들었다. 어차피 죽음도 각오했는데, 마왕 앞에서 비굴한 모습을 보이고 싶지 않아서였다.

그런 식의 태도가 테나에게는 가소롭다 못해 못마땅하게 여겨졌다.

"흥! 이걸 그냥? 정말 죽고 싶어?"

"크하하하! 죽여라!"

퓨론은 더 이상 보이는 것이 없었다. 그는 검을 휘두를 힘조차 없었고 이렇게 입을 열어 소리치는 것이 그가 할 수 있는 반항의 전부였다.

"한심한 녀석이군."

그때, 싸늘한 음성을 흘리며 낯선 청년이 모습을 드러냈다. 퓨론은 그 순간 깜짝 놀랐다. 저 가공 무쌍한 여마왕 테나가, 청년을 향해 한없이 공경스러운 표정을 지으며 허리를 숙이는 게 아닌가?

"벌써 차 두 잔을 다 드셨나요, 로드?"

"아직. 남은 차 한 잔은 잠시 후에 마실 생각이다."

"호호, 제가 예상보다 빨리 끝내긴 했죠. 아깐 저 녀석을 과대평가했었나 봅니다."

"그래도 팔뚝에 상처가 난 걸 보니 만만치 않았던 것 같은데?"

"이 정도야 괜찮아요."

"놔두면 흉진다."

샤크가 그녀의 팔뚝에 난 상처들을 손으로 슥 문지르자 그것들이 흔적도 없이 사라졌다. 테나는 감동한 표정으로 샤크를 쳐다봤다.

"로드께 이런 면도 있었군요?"

"지금처럼 열심히만 하면 더 좋은 면도 보여 줄 수 있다."

"열심히 하겠어요. 목숨을 바쳐서라도."

"좋아. 기대하지."

샤크는 미소 지었다. 그 모습을 퓨론은 여전히 입을 쩍 벌린 채로 쳐다봤다.

'내가 지금 꿈을 꾸는 건가?'

대체 저 청년의 정체가 뭐기에, 적발의 여마왕 테나가 온순한 고양이처럼 변해 아양을 떨고 있는 것일까?

퓨론은 샤크가 마왕이라는 사실도 알아보지 못했다. 샤크는 은발의 멋들어진 용모를 제외하면 그저 평범한 인간처럼 보였기 때문이다.

샤크에게는 마왕의 상징인 날개조차 감지되지 않았기에, 퓨론은 그가 설마 마왕일 것이라고는 짐작도 못했던 것이다.

그러다 샤크가 고개를 돌려 자신을 쳐다보자 퓨론은 흠칫 몸을 떨었다.

샤크의 눈빛은 평범한 듯했지만, 그 순간 퓨론은 마치 환야의 차원 폭풍이라도 마주한양 미증유의 두려움을 느꼈다.

'이자는 대체 누군가?'

그의 벌어진 입은 여전히 다물어지지 않았다. 그러자 샤크가 못마땅하다는 듯 미간을 좁히며 말했다.

"입 좀 다물어라."

퓨론은 다급히 입을 다물었다. 그러다 조심스레 물었다.

"당신은 누구십니까?"

자신도 모르게 존댓말이 나왔다.

"그분은 환야에서 가장 위대한 마왕 샤크 님이시다."

대답은 테나로부터 나왔다. 퓨론은 샤크가 마왕이라는 사실이 왠지 뜻밖이면서도 당연하다고 생각했다. 적어도 마왕이 누군가를 로드라고 부를 만한 존재는 마왕 외에는 없을 테니까.

그런데 환야에서 가장 위대한 마왕이라니! 퓨론은 걸려도 정말 잘못 걸린 것 같았다. 환야에 저토록 강한 마왕이 존재하다니, 이는 모든 용자들의 큰 불행이리라.

"으득! 죽이려면 빨리 죽여라. 이 복수는 이데스 대륙의 용자이신 르티아 님이 해 주실 것이다."

퓨론은 탄식하며 눈을 감았다. 그러자 샤크가 싸늘히 말했다.

"두 가지 중 하나를 선택해라. 여기서 너희 대륙의 인간들과 함께 돌아가겠느냐 아니면 내 손에 모두 죽겠느냐?"

샤크는 르티아가 어떤 놈인지 일일이 설명하기도 귀찮았다. 특히나 용자인 퓨론이 마왕인 샤크의 말을 믿을 리도 만무했기에 간단한 선택지를 제시한 것이다.

"그게 무슨 소리냐? 내가 너 따위 사악한 마왕의 협박에 굴할 것 같으냐?"

샤크는 혀를 찼다.

"아니, 그보다는 차라리 이게 낫겠군. 너는 이제부터 나의 포로다. 테나, 이 녀석의 가디언들을 깨워서 내가 하는 말을 전해라. 당장 인간들을 이끌고 돌아가지 않으면 이 녀석을 없애버리겠다고 말이야."

"예, 로드."

그러자 테나는 기절해 있는 9명의 가디언들을 발로 차 깨웠다.

"어이, 빨리 일어나지 못하느냐?"

만신창이 상태의 가디언들이 깨어났다. 그들을 향해 테나의 살벌한 협박이 이어졌다.

"생각 같아선 모조리 죽여 버리고 싶다만, 특별히 살 기회를 준다. 지금 당장 인간들과 함께 너희들의 대륙으로 꺼져."

"로드를 어찌할 셈이냐?"

가디언들의 표정이 새파랗게 질렸다. 그러자 테나는 퓨론의 머리채를 잡고 키득거리며 말했다.

"너희들이 순순히 물러가면 나중에 이 녀석을 돌려보내 줄 수도 있어. 하지만 지금처럼 꾸물거리고 있으면 이놈을 죽여 버릴 지도 몰라."

테나의 두 눈에서 섬뜩한 한기가 뿜어져 나온 순간, 가디언들은 더 이상 선택의 여지가 없었다. 그들은 다급히 인간들을 깨워 철군을 시작했다.

"부디 로드를 살려서 돌려보내 주시오."

"제발 로드를 죽이지 말아 주세요."

"로드! 이렇게 떠나는 저희들을 용서해 주십시오."

가디언들은 애원의 말을 했다. 퓨론도 가디언들을 향해 뭐라고 말을 하고 싶었지만, 한 마디도 할 수 없었다. 샤크가 그의 입을 봉인해버렸기 때문이었다.

'크으! 입이 붙어버렸다. 열리지 않아……'

고지식하기 그지없는 그는, 모두가 죽는다 해도 마왕의 협박에 굴하지 말라고 하려했다. 그가 그렇게 말했다면 그의 가디언들은 죽음을 불사하고 그의 명령에 따랐을 것이다.

샤크는 퓨론이 그럴 것이라고 예상을 했기에, 그의 입을 봉인해 버린 것이었다. 그리고 그의 예상대로 퓨론의 가디언들은 인간들을 이끌고 돌아갔다.

그렇게 가디언들과 인간 군단들이 비틀거리며 돌아가는 장면을 퓨론은 참담한 표정으로 바라봤다.

"그렇게 인상을 일그러뜨릴 필요 없다. 저들이 이데스 대륙에 갔으면 모두 죽었을 테니까."

샤크가 퓨론을 노려보며 말을 이었다.

"방금 전 겪었듯이 네가 아무리 저들을 살리려 노력한다 해도 그것은 불가능한 일이다. 마왕 하나도 감당 못하는 놈

이 대마왕 플런더와의 전투에서 저들을 지킬 수 있을 것 같
으냐?"

퓨론은 한 마디도 대답할 수 없었다. 물론 입이 봉인되어
서이기도 했지만, 설령 입이 정상이었다 해도 마찬가지였
으리라.

"귀찮게 네게 일일이 설명하고 싶은 생각은 없다. 너는
이제 내 포로가 되어 르티아가 어떤 놈인지 지켜보도록 해
라. 그때까지 너의 입으로 음식은 들어가지만, 말을 하지는
못할 것이다."

퓨론은 그저 울분의 표정을 지을 뿐 고개를 끄덕이지는
않았다. 그는 오직 자신이 마왕에게 사로잡혔다는 사실에
수치스러워하고 있었다.

'당연히 수치스러워해야지.'

샤크는 퓨론이 이 상황을 당연히 받아들이면 오히려 문
제라고 생각했다. 힘이 약해 포로가 되었으면 수치스러워
하는 건 당연한 일인 것이다.

그러니 평소에 이런 일이 일어날 것에 대비해 극고의 수
련을 해야 하는 것이다. 평온한 날이 계속되면 될수록, 혹
시 올지 모를 위기의 날을 위해 더욱 피나는 수련을 해야
하는 것이다.

퓨론이 그렇게 수련을 하고도 이 수준이라면 어쩔 수 없는 일. 아마도 지금의 이 모욕과 수치가 그의 한계를 돌파하는데 큰 도움이 될 것이다.

반대로 그가 만일 그러한 치열함이 없는 삶을 살았다면 지금의 이 수치스러운 경험을 통해 안이한 마음의 태도를 바꿀 것이다.

어느 쪽으로든 샤크는 퓨론에게 지금의 상황이 피가 되고 살이 되는 좋은 경험이 될 것이라 생각했다.

이는 퓨론이 용자라서 베풀어 주는 샤크의 특별한 관용이었다. 마왕이었다면 테나처럼 특별한 인연이라 생각되지 않는 한 그냥 죽여 없애버렸을 것이다.

"테나, 다시 출발하자."

"예, 로드."

샤크는 수카에 올라 아까 남겨 둔 더 티어 오브 마스나스, 라는 차를 마셨다.

후룩.

마셔보니 그 향미가 만년선향차 못지않았다.

'이 차도 맛이 죽이는군.'

샤크는 이런 특등품의 차가 무려 수천 종류나 있다는 테나의 말을 떠올리며 흐뭇한 미소를 지었다. 그 모든 차를

다 맛보는 것도 제법 쏠쏠한 재미가 있을 것 같아서였다.

아니, 생각해 보니 테나가 모아 둔 것만 맛볼 것이 아니라 자신이 직접 수집해 보는 것도 꽤 흥미로운 취미가 될 것 같았다.

환야의 수많은 세계에 존재하는 맛 좋은 차의 종류는 무수히 많을 테니까.

그것 말고도 술이나 혹은 수카, 각종 장신구나 무기를 비롯해 온갖 것들을 하나하나 수집해 보는 것도 이 장대하고 지루한 환야의 삶을 살아가는데 적지 않은 흥미를 줄 것이다.

그때 테나가 와서 물었다.

"로드, 저 녀석은 이제 어떻게 하죠? 저대로 그냥 놔두나요?"

용자 포로인 퓨론을 어떻게 처리하느냐가 그녀의 관심사였다. 샤크는 퓨론을 불러 말했다.

"너는 이제 나의 포로가 되었으니 마땅히 하인으로서 일을 해야 한다. 네가 할 일은 테나가 알려 줄 테니 그 지시를 충실히 따르도록 해라."

퓨론은 하인이라는 말에 울상을 지었지만, 테나는 신이 난 표정이었다. 그녀 역시 용자를 죽여본 적은 있어도, 용자를 하인으로서 부려본 것은 처음이었던 것이다. 그녀는 마치 먹잇감을 바라보듯 살벌한 눈빛으로 퓨론을 노려봤다.

"따라와라."

그렇게 바로 어제까지, 아니 조금 전에 샤크와 테나를 만나기 전까지만 해도 브레이다 대륙의 위대한 용자였던 퓨론은, 수카에서 온갖 잡일을 도맡아하는 하인 신세가 되고 말았다.

퓨론은 수카를 청소하고, 또 청소하고, 다시 청소해야 했다. 그가 아무리 정리를 해도 테나는 항상 청소할 거리를 만들어 주었던 것이다. 또한 샤크가 마실 차를 우리는 것 또한 그의 일이었다.

그런데 그렇게 하루 정도의 시간이 지났을까? 수카에는 또다시 용자 포로가 생겼다.

그 역시 이데스 대륙을 향해 인간 군단을 이끌고 가던 용자였는데, 퓨론과 같은 처지가 되었다.

그런 식으로 샤크가 이데스 대륙의 차원의 문 앞에 도착할 때까지 테나의 수카에는 무려 13명이나 되는 용자 포로가 우글대고 있었다.

모두 퓨론에게 낯익은 용자들이며 절친한 사이들이기도 했는데, 그들은 서로 아는 척하며 좋아할 여유조차 없었다.

사실 퓨론은 다른 용자 포로가 생겨났을 때만 해도, 자신이 좀 더 편해지지 않을까 기대하는 바도 없지 않았다. 그러나 신기하게도 테나는 13명의 용자들 모두 잠시도 쉴 틈이 없도록, 끝없이 청소와 잡일의 임무를 부여했다.

그래도 퓨론을 비롯한 용자 포로들은, 자신들의 이 굴욕도 잠시 후면 사라질 것이라 확신했다. 샤크와 테나가 겁 없이 르티아가 있는 이데스 대륙으로 향하고 있었기에, 그들은 속으로 쾌재를 불렀다.

'르티아 님만 만나면 이 상황도 끝이 날 거야.'

'굴욕을 참자. 저 사악한 마왕들의 최후가 멀지 않았어.'

그렇게 모두들 르티아가 자신들을 구해 줄 것이라고 의심하지 않았다.

그러나 그들이 차원의 문 앞에 도착했을 때, 그곳은 거대한 전쟁이 벌어지고 있었다. 수많은 인간들과 마물들이 전투를 벌이고 있는 방대한 전장이 펼쳐져 있었으니!

"크아악! 아아악!"

"아악! 끄아악!"

인간들은 생존조차 쉽지 않은 거친 기후에서의 전투! 아무리 그들이 각각의 대륙에서 제법 검이나 마법을 다룰 줄 아는 이들이라지만, 이 낯선 환경의 환야에서는 평소 실력의 반도 제대로 발휘하기 힘들었다.

반면에 마물들은 환야의 마물 숲에서 태어나, 오래도록 환야의 이상 기후와 거친 환경에 적응해 왔다. 따라서 애초부터 인간들과 마물들의 승부는 인간들에게 지극히 불리할 수밖에 없었다.

물론 인간들 중에서 마스터 급 이상의 실력을 갖춘 능력자들이 적지 않게 존재했고, 간혹 그랜드 마스터급의 초인들이 눈부신 활약을 펼치는 모습도 목격이 되었다.

그러나 그래 봤자 그들은, 최상급 마족이나 혹은 마왕의 로아탄 가디언들의 상대가 되지 못했다. 오히려 로아탄들의 우선 목표가 되어 그랜드 마스터급의 존재들이 더 빨리 죽임을 당하는 참사도 발생했다.

인간들에게도 처음엔 용자의 로아탄들과 드래곤, 상급 정령들이 군단을 지휘하고 있었지만, 안타깝게도 그들은 마왕의 세력에 비해 숫자가 적었고 실력 또한 약했다.

그로 인해 용자의 로아탄들은 개전 초기에 이미 전멸했고, 드래곤들과 정령들 또한 마족들의 손에 갈기갈기 찢겨 사라져 버렸다.

그렇게 30여개의 대륙에서 온 7백여만의 인간들과 대략 5백만 마리의 마물들의 전쟁이 벌어진 지는 얼마 안 되었지만, 샤크의 수카가 그 앞에 도착했을 때는 거의 1백 만의 인간들이 죽임을 당한 상태였다.

그렇다면 용자들과 마왕들은 다 어디에 있는 것일까?

그들은 따로 결계를 만들어 그 안에서 치열한 전투를 벌이고 있었다. 그렇지 않으면 자칫 그 전투의 여파로 인해, 인간들은 물론이고 마족이나 마물들도 모두 전멸할 수 있기 때문이다.

과연 용자 르티아와 마왕 플런더 중 누가 승리할까?

그것은 결계가 사라지고 난 뒤에야 확인이 가능할 것이다.

그러나 그에 대한 승패와 별개로 이미 인간과 마물의 승부는 결정 나 있었다. 전세는 이미 기울었다. 이대로라면 인간들은 모두 전멸하고 말 것이다.

다행히 샤크가 도착한 순간 전쟁은 그쳤다. 인간들을 향해 신나게 달려들던 마물들이 흔적도 없이 사라져 버렸던 것이다.

번쩍!

환한 은빛의 광채가 사방으로 파동을 치며 뻗어나가는 순간, 그 파동에 휘말린 마물들은 그대로 먼지처럼 부서져 버렸다.

그 광경에 테나도 입을 쩍 벌렸다. 물론 그녀 역시 마물들

따위야 아무리 많다 한들 가소로울 뿐이었지만, 마물들 사이에 도사리고 있는 수 천 명이 넘는 마족들과 수백 명이 넘는 로아탄들을 모두 상대해 이기기란 불가능했던 것이다.

그런데 그 많던 마물은 물론 마족들과 로아탄들이 모두 흔적도 없이 사라져 버렸으니, 이 얼마나 경악할 만한 일이란 말인가.

테나는 물론 용자 포로들도 입을 쩍 벌렸다. 그들은 비로소 샤크의 능력이 그들과는 차원 자체가 다르다는 것을 실감했던 것이다.

그때 샤크의 두 눈은 분노로 이글거렸다. 그는 섬뜩할 정도로 차가운 눈빛으로 용자 포로들을 돌아보며 말했다.

"보아라. 저 인간들의 시체가 만들어 놓은 죽음의 지평선을! 너희처럼 어리석은 용자들로 인해 희생된 저 불쌍한 인간들의 영혼들을!"

마물들은 사라졌지만, 그 전에 죽은 인간들의 시체들이 도처에 널브러져 있었다. 샤크의 말대로였다. 시체의 지평선이 보일 정도로 온 사방이 시체뿐이라는 것은, 실로 끔찍한 일이 아닐 수 없었다.

하긴 무려 1백만여 명의 희생자가 발생했다. 샤크가 조금만 더 늦게 왔다면, 나머지 6백여만 명의 인간들도 저와 같은 꼴을 면키 힘들었을 것이다.

퓨론을 비롯한 용자 포로들의 표정은 참담하게 일그러져 있었다. 시체들의 지평선을 본 그들은 조금 전 샤크가 펼쳤던 가공 무쌍한 무위에 대한 충격조차 잊어버렸다.

만일 샤크가 아니었다면, 그들 대륙에 속한 인간들도 지금쯤 저와 같은 처지로 변해 있을 것이다.

'으으, 이건 정말 말도 안 되는 일이다.'

'르티아 님은 미쳤다.'

'크윽! 우리가 마왕과 다를 바가 무엇인가?'

그들을 향해 샤크가 다시 싸늘히 외쳤다.

"너희가 르티아의 명령이 불의하다는 것을 알면서도 따르는 것은 그에 대한 맹목적인 충성인가? 아니면 두려움 때문에 어쩔 수 없이 타협한 것인가? 그러나 그 둘 중 어느 쪽이든 그 결과는 동일하다. 바로 그로 인해 너희가 정작 목숨 바쳐 지켜야 할 존재들을 마물들에게 내주는 꼴이 되고 만 것이다."

샤크는 인간들의 시체들을 가리키며 말을 이었다.

"너희는 차라리 힘을 합쳐 르티아에게 대항을 했어야 했다."

용자들은 고개를 숙였다. 입을 열 수 있어도, 그들은 아무 말도 하지 못했을 것이다.

어째서 마왕이 저와 같은 말을 하는가? 어째서 가장 사악해야 할 마왕이 환야의 가장 의로운 존재인 용자들보다 더 의로운 말을 하는 것일까?

사실 그러한 의문조차 들지 않았다. 그들은 이 순간 샤크가 마왕이라는 사실도 느껴지지 않을 정도였다.

이 순간 그들은 자신들이 처음 용자가 되었을 때 느꼈던 감동을 받았다. 스스로의 의지와 소신보다, 다른 강한 용자의 눈치를 보며 생존을 도모하려던 비겁했던 삶에 대해 부끄러움을 느꼈다.

"나는 이제 자신이 지켜야 할 소중한 존재들을 사악한 마물들에게 내 준 저 어리석은 용자들을 더 이상 용자라 여기지 않을 것이다. 그들이 가진 용자의 자격을 박탈할 것이며, 그들이 가진 대륙은 모두 내가 몰수할 것이다."

용자의 자격을 박탈한다니! 그가 대체 무슨 자격으로 그런 말을 한다는 말인가.

그야말로 광오(狂傲)하기 이를 데 없는 말이었지만, 테나는 물론이고 용자 포로 중 누구도 그 말이 광오하다 느끼지 않았다.

샤크가 용자 포로들을 노려보며 말을 이었다.

"그러나 너희들에게는 특별히 기회를 주도록 하지. 너희는 이제 저기 살아 있는 인간들을 각자의 대륙으로 귀환할 수 있도록 도와주도록 하라. 그 후에 너희들의 대륙으로 돌아가, 근신하며 지내도록 해라. 추후, 내가 너희들의 대륙을 방문했을 때. 너희의 모습이 지금과 달라진 것이 없다면, 너희 또한 용자의 자격을 박탈당할 것이다."

그 말이 끝나는 순간 퓨론을 비롯한 용자 포로들의 금제가 풀렸다. 그들은 다시 용자로서의 능력을 발휘할 수 있었고 자유롭게 말을 할 수 있게 되었다.

그들은 아무 말도 하지 않고 샤크의 지시를 따랐다. 6백만여 명의 인간들을 각 대륙별로 집합하게 한 후, 거리가 가까운 대륙 서너 곳씩을 한 명의 용자가 담당해 신속히 길을 떠났다.

그렇게 생존해 있는 모든 인간들이 자신들의 대륙으로 떠나는 사이, 주변에 즐비하던 인간들의 시체들은 모두 환야의 먼지가 되어 사라져 버렸다.

끔찍한 시체의 지평선이 펼쳐져 있던 주변은 본래의 황량한 벌판으로 돌아왔고, 그곳엔 샤크와 테나가 타고 있는 수카 한 대만 남아 있을 뿐이었다.

샤크는 조용히 차를 마시며 기다리고 있었다. 르티아를

비롯한 용자들과 플런드를 비롯한 마왕들이 만든 저 결계 속의 전투가 끝이 나기를 말이다.

어느 쪽으로든 승부가 나야 결계가 풀린다. 그 전에는 아무리 샤크라 해도 그 결계 속으로 진입하기란 쉽지 않았다.

# Chapter 2

용자와 마왕의 결탁

콰아아아!

쿠콰쾅! 우르르르!

천지가 무너지는 듯한 가공할 만한 폭음이 연이어 결계
의 내부를 뒤흔들었다.

자타가 공인하는 환야의 세계 최강의 존재들이 이 결계
안에서 승부를 벌이고 있었다.

환야의 절대 용자라 불리는 르티아와 대마왕 플런더의
격돌!

그러나 승부는 나지 않았다.

용자 르티아의 멋들어진 금발이 봉두난발로 흐트려져 있

었고, 흑발의 마왕 플런더는 전신의 피부가 거미줄 모양으로 쫙쫙 갈라진 상태였다.

각자가 가진 최강의 필살기를 펼쳤음에도 결국 승부를 보지 못하자 르티아는 허탈해하는 표정을 지었다.

"정말 질긴 녀석이군."

"크득! 그건 내가 할 소리다. 네놈 정말 더럽게 안 죽는구나."

플런더는 이를 갈았다. 르티아가 쓴웃음을 지으며 말했다.

"더 이상의 싸움은 무의미해. 이대로라면 우리 모두가 죽어야 전쟁이 끝날 것이다. 우리의 승부는 추후로 미루는 것이 어떠냐?"

"지금 내게 살려 달라 비는 건가, 용자 르티아?"

"내 말이 그렇게 들렸다면 네 귀가 먹은 것이겠지."

"내 귀는 먹지 않았다. 방금 전 분명 네놈이 전쟁을 여기서 끝내자고 말을 했지. 그 말이 곧 내게 살려달라고 비는 것이 아니고 뭐라는 말이냐?"

"난 빈 것이 아니라 휴전을 제의했을 뿐이다."

"크크크, 휴전이라? 네놈의 목을 내게 건네준다면 한 번 생각해 보도록 하지."

"어리석군! 기어코 이곳에서 뼈를 묻고 싶은가?"

"닥쳐라! 이제 네놈은 내가 왜 환야의 대마왕이라 불리는지 곧 알게 될 것이다."

그 말과 함께 플런더의 두 눈에서 흑색의 빛이 번쩍였다. 그 순간 플런더의 기세는 좀 전과 비할 수 없이 강력해졌다.

츠츠츠츠—

그의 몸체가 수십 배는 커졌다. 그가 거대한 흑색의 날개를 활짝 편 순간 결계의 내부가 암흑으로 변했다.

그 장면을 본 용자들은 두 눈을 부릅떴다.

"으, 저럴 수가!"

"저토록 가공한 기세라니!"

쳐다보는 것만도 숨이 막혔다. 지금의 플런더는 그들이 눈도 마주치기 힘들 정도였다.

조금 전의 플런더가 오우거였다면, 지금은 드래곤 정도의 수준 정도랄까?

대적불가!

그들은 플런더가 왜 저토록 강력한 힘을 지금껏 발휘하지 않고 이제야 그것을 드러내는지 믿기지 않았다.

그리고 두려워 떨었다.

자신들이 믿고 있는 절대 용자 르티아가 아무리 강력하다 해도, 지금의 플런더를 당해 내기란 불가능해 보였기 때문이다.

그러나 바로 그 순간 더욱 믿기지 않은 일이 벌어졌다. 르티아의 몸에서 찬란한 빛이 일어나더니 그의 몸이 거대한 광채로 이루어진 전사의 형상으로 변했던 것이다.

번쩍! 화아아아—

놀랍게도 르티아에게서 피어나는 가공할 만한 기세는 플런더 못지않았다. 용자들뿐 아니라 마왕들도 경악의 표정을 지은 채 숨을 죽였다.

과연 둘 중의 누가 승리할까?

그것은 누구도 예측할 수 없었다.

마왕들은 그저 플런더가 승리하기를 바라고, 용자들은 르티아가 승리하기를 바랄 뿐.

그런데 잠시 정적이 흘렀을까?

플런더와 르티아는 돌연 각자의 기세를 거두었다. 플런더의 두 눈에 이채가 일었다. 그는 비릿한 조소를 흘리며 말했다.

"이건 정말 의외로군. 용자인 네가 그 금단의 힘을 사용하다니."

그의 음성은 르티아의 귀에는 선명히 들렸지만 다른 용자들이나 마왕들의 귀에는 그저 가공할 폭음처럼 울렸다.

"금단의 힘이라! 용자가 그것을 사용해서는 안 되는 이유라도 있느냐?"

르티아는 담담히 대꾸했다. 그의 음성도 마찬가지로 우레처럼 울렸기에 마왕들과 용자들은 둘이 대화를 나눈다는 사실을 전혀 알지 못했다.

그 이유는 플런더와 르티아가 각자가 가진 차원력의 가공할 힘을 끌어올렸기 때문이었다.

다만 그 힘은 그들 스스로의 각성으로 끌어올린 것이 아니라 일루전 트레저라는 외부의 힘을 빌어 온 것이라 제대로 된 통제가 불가능했다.

따라서 이런 상태로의 격돌은 무의미하며 무슨 수를 써도 상대를 제압할 수 없었다.

그래서일까? 둘은 즉각 전투를 중지했다. 여기서 오기를 부려봤자 그 금단의 힘을 사용한 것에 대해 지불해야 할 대가만 커질 뿐임을 깨달았던 것이다.

르티아는 이렇게 될 것을 미리 짐작했지만, 플런더는 설마 용자인 르티아가 일루전 트레저의 힘을 사용할 줄은 예상 못했던 터라 기가 막히지 않을 수 없었다.

현재 그는 분신이 아닌 본신이었다. 어차피 그의 마궁은 수많은 마왕과 마족들이 지키고 있어 그의 분신만 있어도 충분히 안전했다.

그러나 마궁의 루트 오브 다크니스에서 잠자고 있던 그의 본신이 직접 전투에 참여한 진정한 이유는, 유사시 일루전 트레저의 힘을 사용하기 위함이었다.

그것의 힘은 분신으로서는 발동이 불가능하기 때문이다.

따라서 그는 유사시 일루전 트레저의 힘으로 르티아를 충분히 제압할 수 있을 것이라 확신했었는데, 설마 르티아도 일루전 트레저의 힘을 사용할 줄은 몰랐던 것이다.

선택받은 마왕의 전유물이라 여겨지는 일루전 트레저의 힘을 용자가 사용할 줄이야. 그는 떨떠름한 표정으로 르티아를 노려봤다.

"용자 르티아! 너는 지금 그것을 말이라 하는 것이냐? 설마 너는 그것의 힘을 빌리면 수많은 인간들을 희생시켜야 한다는 사실을 모르는 것이냐?"

그러자 르티아는 싸늘히 웃었다.

"그야 아주 잘 알고 있다. 그러나 대를 위해 소를 희생하는 것은 어쩔 수 없는 일. 나는 네놈 같은 마왕들을 상대하기 위해서라면 이보다 더한 짓이라도 할 수 있다."

"큭! 궁색한 변명을 하는구나. 네놈이 진정 용자라면 인간들을 희생시키지 않고도 날 상대할 만큼 강해지든가 했어야 했다. 물론 그것은 불가능한 일이겠지만."

"정말로 우습군, 플런더. 네놈은 그것을 마음대로 사용하면서 나는 왜 안 된다는 거지?"

"나야 인간들을 희생시키는 것을 오히려 즐거워하는 마왕이지만, 너는 그들을 지켜야 하는 용자이기 때문이다. 그런데 지금 네놈이 하는 짓은 나 같은 마왕과 다를 바가 전혀 없으니, 네놈을 어찌 용자라 말할 수 있겠느냐?"

"헛소리 집어치워라. 내가 그 힘을 사용하지 않았다면, 모든 인간들은 네놈들에게 전멸 당했을 것이다. 나는 소수의 인간들을 희생시키고 다수를 구할 수 있는 길을 찾았을 뿐이다."

그러자 플런더가 입가를 비틀며 웃었다.

"그따위로 합리화시키지 마라. 소수를 희생시켜 다수를 구하는 것이 목적이 아니라, 네놈의 야욕을 이루기 위함이겠지. 내가 볼 때 네놈은 인간들이 모두 죽든 말든 관심도 없는 놈이다. 타락한 용자 르티아!"

"닥쳐라!"

르티아의 인상이 일그러졌다. 마왕의 말 따위에 일일이 반응하고 싶지 않았지만, 타락한 용자라는 말까지 들으니 왠지 참담한 기분을 금할 수 없었다.

'정말로 나는 저놈 말대로 인간들이 죽든 말든 관심이 없는 것인가? 정말로 나는 타락한 용자인 것인가?'

아니라고 부인하고 싶었다. 아니 부인할 것이다.

자신은 부득이한 이유로 어쩔 수 없이 소수를 희생을 시킬 뿐이지, 인간들을 지키기 위해 노력하고 있다고 말이다.

그러나 곰곰이 생각해 보면 볼수록, 그는 자신이 인간들을 지키는 데는 별다른 관심이 없었음을 느꼈다.

처음에는 소수를 희생해 다수를 구하려는 명분이었지만, 지금은 소수의 인간이 아닌 다수의 인간을 희생시키는 것도 망설이지 않을 정도가 되어 버렸다.

대체 그렇게 많은 인간들을 희생해서 얻으려는 것이 무엇인가?

아니, 결과적으로 본다면 그것이 마왕의 방식과 다를 바가 무엇인가?

마왕들이 인간을 착취하거나 죽이듯, 용자인 그 역시 무수한 인간들을 희생시키고 있다. 수많은 인간들을 구한다는 명분이지만, 그 명분에 의해 이미 소수라 할 수 없는 많은 이들이 희생되어 버렸다.

그리고 지금은 시작일 뿐, 앞으로 그 희생은 더욱 늘어나게 될 것이다.

하지만 그렇다 해도 그는 자신이 마왕과 다르며 인간들을 지키고 있다고 생각해야 했다. 그렇지 않으면 그 스스로의 정체성에 대해 의문을 가질 수밖에 없기 때문이다.

'일루전의 힘은 무한하다. 나는 이미 그것의 비밀에 접근했다. 머지않아 저따위 마왕 녀석과는 비할 수 없는 경지에 이르게 될 것이다. 후후, 장차 나는 환야에 존재하는 모든 마왕들을 없애 버리고 오직 용자들이 지배하는 이상 세계를 만들 것이다. 그것을 위해 일부 인간들의 희생은 불가피하다.'

르티아는 그동안 일루전 트레저를 통해 차원력을 다루는 법을 조금씩 터득해 왔고, 그로부터 각성한 최후의 능력을 펼친다면 지금이라도 플런더를 충분히 이길 수 있을 것이라 확신했다.

그러나 만일 플런더 역시 최후의 힘을 숨기고 있다면?

그럴 리 없다 생각하면서도 섣불리 그를 도발할 수 없었다.

그리고 또 하나 중요한 이유가 있다면 그가 일루전의 힘을 끌어올린 순간 결계 밖에 나타난 뜻밖의 강적의 존재를 감지했기 때문이었다. 그는 르티아에게 있어서 플런더보다 더 꺼림칙한 존재였다.

'마왕 샤크! 저놈이 살아 있을 줄이야. 정말 믿을 수 없
군.'

갑자기 나타나 인간들과 마물들의 전쟁을 종결시켜버린
존재. 그가 다름 아닌 마왕 샤크라는 사실을 르티아는 단번
에 알 수 있었다.

'으득! 일루전 트레저 중 하나인 파멸의 입이 저놈 때문
에 사라졌다.'

당시 마왕 샤크를 제거하기로 결심했던 르티아는, 일루
전 트레저인 파멸의 입이 가진 힘을 사용해 샤크를 차원의
결계 속에 가둬 버렸다.

그는 그때 당연히 샤크가 파멸의 입에 의해 무력하게 죽
임을 당할 것이라 확신했지만, 믿을 수 없게도 파멸의 힘이
파괴되어 사라져 버리는 사태가 발생했던 것이다.

차원의 결계의 폭발!

그때 일어난 충격이라면 웬만한 소세계쯤은 흔적도 없이
날려 버리고도 남았다.

파멸의 입이 사라질 정도이다. 마왕 샤크가 아무리 대단
한 능력을 가지고 있다 해도, 그 미증유의 가공할 충격으로
인해 먼지로 변해버렸을 것이라 확신했는데.

그러나 그가 살아서 돌아왔다. 르티아로서는 정말로 치

가 떨리지 않을 수 없었다.

한편 그때 샤크의 존재를 눈치챈 것은 르티아만이 아니었다.

대마왕 플런더 역시 일루전의 힘을 사용한 순간, 결계 밖에서 벌어진 초유의 사태를 파악할 수 있었던 것이다.

미증유의 전투력을 지닌 존재가 나타났다.

환야에서 제법 힘깨나 쓴다는 마왕 중에, 플런더가 모르는 이는 없었다. 그런데 지금 결계 바깥에 나타난 마왕은 그야말로 생소한 존재였다.

그는 샤크의 정체가 마왕이라는 것을 어렵지 않게 알 수 있었지만, 그로부터 풍겨나는 기세가 매우 이질적인 것이라 혼란스럽지 않을 수 없었다.

'저놈은 대체 뭐냐? 마왕이 어째서 마기가 아닌 이상한 기운을 가지고 있는 건가?'

믿을 수 없게도 그 기운은, 일루전 트레저를 통해서만 발휘할 수 있는 차원력의 힘과 흡사해 보이면서도 전혀 달랐다.

만일 같은 일루전의 힘이라면 플런더가 단번에 그것을 알아봤겠지만, 유사한 것 같으면서도 전혀 다른 힘이었다. 그러다보니 혼란스럽기만 할 뿐, 샤크가 가진 힘의 정체를 파악할 수 없었다.

그렇게 르티아와 플런더가 서로의 전투를 암묵적으로 중지한 데는 더 이상의 충돌이 무의미하다는 것도 있었지만, 결계 밖에 나타난 샤크의 존재를 감지했던 이유가 가장 컸다.

특히 플런더는 기분이 몹시 좋지 않았다. 환야의 마왕 중에 자신의 아성을 위협하는 존재가 나타났다는 것에 어찌 기분이 좋을 리 있겠는가.

반드시 죽여 없애 버려야 할 대적!

플런더의 두 눈이 차갑게 번뜩였다.

"우리의 승부는 저놈을 해치우고 난 이후로 미루도록 하자."

"현명한 생각이다, 플런더."

르티아는 고개를 끄덕였다. 그는 의미심장한 눈빛으로 말을 이었다.

"그보다 쓸데없는 희생을 줄이려면 새로운 결계를 만들어 놈을 끌어들이는 것이 좋을 것 같군."

"크큭! 나 또한 같은 생각이다."

곧바로 결계의 내부가 흔들리는가 싶더니, 주변의 정경이 변했다.

광활한 환야의 벌판!

본래라면 인간과 마물들의 전쟁이 벌어지고 있어야 할

이 드넓은 벌판은, 뜻밖에도 무척이나 고요하고, 깨끗했다.

인간들의 시체는 물론 마물들의 사체 하나도 보이지 않았던 것이다.

플런더와 르티아는 이미 그 사실을 알고 있었지만, 다른 마왕들과 용자들은 자신들의 부하들이 모두 사라진 것에 경악해하는 표정을 지었다.

대체 그 많은 이들은 다 어디로 갔는가?

이 드넓은 초원에 홀로 서 있는 저 은발 청년은 또 누구인가?

그 뒤에 수카가 하나 있긴 했지만 그것이 눈에 들어오지 않을 정도로 그들의 모든 주의는 청년에게 집중되었다.

마왕들과 용자들이 그 청년 한 명이 뿜어내는 기세 앞에 숨을 죽였다.

그 청년은 물론 샤크였다. 그는 아공간의 결계에 있던 용자와 마왕들 대부분이 무사한 상태로 나타난 것이 뜻밖이었는지, 고개를 갸웃했다.

결계에서 전투를 벌였다면 용자들과 마왕들 중 어느 한쪽은 전멸했거나, 혹은 전멸 직전이어야 정상이었다.

그런데 왜 양측이 다 멀쩡한 것일까?

그러나 다시 생각해 보니, 이 상황이 뜻밖일 것도 없었다. 타락한 용자가 된 르티아라면 마왕들과 손을 잡는 것도 어려운 일이 아닐 테니까.

그렇게 상황을 짐작한 샤크는 곧바로 르티아를 힐끗 노려봤다.

"르티아, 죽을 각오는 되어 있느냐?"

환야의 절대 용자라 불리는 르티아에게 이런 식의 말을 할 수 있는 존재가 있을까? 르티아의 표정이 일그러졌다.

"가소로운 마왕 놈! 네놈이야말로 오늘로 환야에서 사라지게 해 주지."

순간 샤크의 입가에 냉소가 맺혔다. 그는 손을 들어 멀리 마왕 플런더를 가리켰다.

"르티아! 너는 저 대마왕 녀석과 손을 잡으면 날 상대할 수 있을 것이라 생각했나 보군. 그러나 그것은 착각일 뿐이다. 벌레 몇 마리가 더 모인다고 새를 상대할 수 없듯, 너희들 따위가 아무리 힘을 모은다 해도 나를 상대하기란 불가능하다."

그 말에 르티아 뿐 아니라 플런더의 인상도 거칠게 구겨졌다.

벌레라니!

환야의 절대용자인 르티아뿐만 아니라 최강의 마왕이자

대마왕이라 불리는 플런더에게 벌레라니!

그리고 자신은 새라고 말한다.

그러니까, 플런더와 르티아가 그저 자신의 먹잇감에 불과한 미약한 존재라는 말이었다.

그야말로 기가 막히지 않을 수 없었다.

장구한 세월을 환야의 대마왕으로 군림하며 살아왔던 플런더였다. 그런 그가 어찌 이 같은 말을 들어 본 적이 있었던가.

"크큭! 크크크큭! 크하하하하하하!"

플런더는 어이가 없어 웃음이 터져 나왔다.

"별종인가? 아주 재미있는 녀석이군."

그는 샤크에게 분노함을 넘어서 호기심을 느꼈다. 한편으로 후련함을 느끼기도 했다.

그렇다.

마왕이라면 바로 저래야 한다.

상대가 같은 마왕이든 용자이든 상관없이, 환야에 존재하는 그 누구 앞에서도 저런 오연한 자세를 보일 수 있어야 한다.

물론 동시에 그만한 실력도 갖추어야 한다.

정말로 자신의 앞에 선 대적들을 하찮은 벌레 따위로 취급할 만큼 강해야 한다.

그래야 진정한 마왕이며 절대자라 불릴 수 있는 것이다.

그것이 지금껏 플런더가 걸어온 마왕으로서의 길이었다.

그의 앞을 가로막은 누구든 그 앞에 고꾸라졌다.

그의 손에 죽은 용사가 몇이었던가.

그의 위엄에 굴복하지 않다가, 이내 환야의 먼지로 스러진 마왕이 또 몇이던가.

누구도 그의 앞에 똑바로 서지 못했다. 유일한 호적수라할 수 있는 절대용자 르티아를 제외하면 말이다.

그런데 같은 마왕 중에 그의 아성에 도전하는 녀석이 나타났으니, 그로서는 그것이 무척 불쾌하면서도 흥미롭지 않을 수 없었던 것이다.

"그 태도는 마음에 드는구나. 정말로 네가 나를 벌레로 취급할 만큼 강하다면 어디 그것을 증명해 봐라."

그러자 샤크는 싸늘히 웃었다.

"보채지 않아도 곧 알게 될 것이다."

그 사이 주위의 정경이 변했다. 거친 환야의 벌판이 사라지고 알 수 없는 빛으로 휩싸인 거대한 공간.

그것은 플런더와 르티아가 합력하여 만든 아공간의 결계로, 그들은 그것으로 샤크를 순식간에 가둬 버린 것이었다.

르티아와 플런더는 회심의 미소를 지었다.

이제 그들이 결계를 해제하지 않는 한 샤크가 이곳을 빠져나갈 수 없기 때문이었다. 예외가 있다면 샤크가 그들을 모두 제압하고 결계를 해제하는 것인데, 그런 일은 절대 벌어지지 않으리라 확신했다.

샤크가 아무리 대단한 존재라 해도, 절대용자와 대마왕의 합공을 받아 낼 수는 없을 테니까.

'후후, 성공이군.'

'크흐흐! 네놈은 이제 끝장이다, 애송이 마왕 놈!'

그러나 사실 샤크가 원하지 않았다면, 르티아와 플런더가 무슨 수를 썼다 해도 그를 아공간의 결계로 가두기란 불가능했을 것이다.

샤크가 일부러 저항하지 않고 순순히 아공간의 결계 속으로 끌려왔다는 사실을 그들이 어찌 알 수 있겠는가.

르티아와 플런더는 승리를 확신하고 있었지만, 그들은 스스로 판 함정에 걸린 것이다. 샤크가 허락하지 않는 한, 그들 또한 이 결계를 절대 벗어날 수 없기 때문이다.

'르티아! 플런더! 이곳이 너희들에게 최후의 장소가 될 것이다. 이제 지옥이 뭔지 보여 주마.'

샤크의 입가에 냉소가 피어났다.

본래 샤크는 카렌의 간절한 부탁도 있고 해서 르티아의 목숨만은 살려 줄 생각이었다.

그러나 아까 펼쳐진 끔찍한 죽음의 지평선을 목격한 이후에는 생각을 바꿨다.

르티아를 살려주면 그 많은 인간들의 억울한 죽음은 누가 보상해 줄까?

물론 르티아를 죽인다고 해서 죽은 인간들이 살아 돌아올 수는 없겠지만, 적어도 그는 그러한 끔찍한 사태를 초래한 책임을 져야 한다.

죽음으로.

그리고 그 전에 샤크는 르티아에게 그가 얼마나 무력한 존재인지 느끼게 해 줄 생각이었다.

츠으으!

콰아아아—

그때 르티아와 플런더는 각자가 가진 일루전의 힘을 끌어올렸다. 각각의 신체가 거대하게 변하며 플런더는 미증유의 무저갱과 같은 섬뜩한 기세를, 르티아는 찬란한 태양과도 같은 가공스러운 기세를 뿜어냈다.

만일 누군가 이 장면을 본다면 실로 감탄할 것이다.

플런더야말로 환야의 진정한 대마왕이며, 르티아 또한

불세출의 절대용자라는 말이 절로 나올 것이다.

그 누구든 환야를 지배하는 두 절대자의 발 앞에 무릎을 꿇게 될 것이다. 심지어 용자들이나 마왕들이라 할지라도 말이다.

그만큼 플런더와 르티아는 각자가 가진 마왕과 용자로서의 한계를 뛰어넘은 초월자의 신위를 보여 주었다.

그러나 어디나 예외는 있듯, 이 두 절대자를 무슨 지나가는 개를 보듯 시큰둥한 눈빛으로 쳐다보고 있는 이가 있었으니.

그는 물론 샤크였다.

그리고 그의 눈빛이 차갑게 번뜩이는 순간, 플런더와 르티아는 자신들이 그토록 자부하던 일루전의 초월적 힘이 몸에서 빠져나가는 것을 느끼고 경악했다.

## Chapter 3

협의를 위하여 죽으리라

"크으윽!"

"이것이 어찌 된 일……."

플런더와 르티아는 몸을 떨었다. 믿을 수 없게도 일루전 트레저가 주는 모든 힘이 사라졌던 것이다.

반면에 샤크로부터는 그들이 상상도 해 보지 못한 미증유의 거대한 기세가 뿜어져 나왔다.

"으윽!"

"크으으으!"

플런더와 르티아는 숨조차 쉴 수 없었다. 그들은 감히 샤크를 바라보는 것조차 불가능했다. 흡사 강렬한 빛 앞에 노출된 벌레들처럼 그들은 두려워 떨기만 했다.

비로소 그들은 샤크가 가진 능력이 자신들과는 차원부터 다르다는 것을 깨달았다. 샤크가 말 그대로 벌레를 밟아 죽이듯 자신들을 죽일 수 있음을 그들은 느꼈다.

인정하기 싫었지만 샤크는 새이고, 그들은 하찮은 벌레에 불과했다. 이제 그들의 목숨은 샤크의 의지 아래 있었다.

그런데 하필이면 분신이 아닌 본신 상태인 지금 이런 일이 벌어지자 플런더는 제정신이 아니었다.

"잠깐! 부디 자비를 베풀어 주시오. 당신에게 충성을 바치겠소."

"이대로는 죽고 싶지 않소……."

플런더 뿐 아니라 르티아도 샤크를 향해 삶을 구걸했다. 환야의 절대자들이라 불리던 그들이다. 그만큼 많은 것을 가진 그들이기에 이대로 죽기엔 너무 원통했던 것이다.

그러나 샤크의 반응은 차가웠다. 특히 르티아를 향한 그의 눈빛은 섬뜩할 만큼 한기가 가득했다.

"르티아! 네놈은 마지막 순간까지 나를 실망시키는군."

자타가 공인하는 절대용자라는 녀석이 비굴하게 삶을 구걸하다니, 샤크는 어이가 없었다.

"지금 살려달라는 말이 나오느냐? 그동안 네놈의 허망한 욕심에 의해 무고하게 희생된 수많은 인간들을 떠올려봐라."

"……."

르티아의 안면이 일그러졌다. 그는 결코 자신의 잘못을 인정하고 싶지 않았지만, 샤크의 눈치를 보며 어쩔 수 없다는 듯 고개를 끄덕였다.

"그건 반성하고 있소. 당신이 날 살려 준다면 이후로 무고한 인간들을 희생시키지 않겠소."

"닥쳐라!"

적어도 용자라면 이 상황에 의연하게 죽음을 맞이해야 한다. 이 최후의 순간에는 그가 가졌던 모든 야심들이 허망했던 것임을 깨닫고 진심으로 자책하는 모습이라도 보여야 한다.

물론 샤크는 르티아가 그런 모습을 보인다고 살려 줄 생각은 없었다. 그렇지만 그것이 한때, 다른 용자들의 추앙을 받을 만큼 멋진 용자의 길을 걸었던 그에 대한 일말의 기대였던 것이다.

그러나 이 순간 르티아는 사악한 대마왕 플런더와 다를 바 없었다. 그는 어떻게든 이 순간을 모면해 살아남고 싶은 마음만 가득했다.

더욱 기가 막힌 건, 지금 르티아가 보여 주는 태도와 표정, 그리고 말투는 전생에서 백룡이 무림의 사악한 마두들을 해치울 때에 보았던 모습들과 동일하다는 것!

당시 때론 눈물까지 흘리며 동정을 호소하는 이들도 있긴 했지만, 그것은 모두 가식이었다. 그들은 어떻게든 그 자리를 모면하려고 기를 썼을 뿐, 진심으로 뉘우치는 기색은 없었다.

바로 그런 모습을 플런더가 보이는 것이야 당연하겠지만, 르티아마저 그래야 하는 건가?

"네놈은 끝까지 추한 모습을 보이는구나, 르티아."

샤크의 두 눈에 살기가 일었다. 이제 더 이상의 대화는 의미가 없다. 그는 환야의 사악한 대마왕과 타락한 절대용자 르티아에게 단호한 응징을 내리기로 했다.

"그만 먼지로 돌아가라."

순간 플런더와 르티아의 몸이 번개라도 맞은 듯 부르르 떨렸다. 그들이 가진 힘의 근원이 흩어져 버린 것이다.

그들이 오랜 세월 환야의 절대자들로 군림해 온 것은 각자가 가진 힘의 근원이 주는 능력 때문이다. 그런데 샤크가 그 힘을 흩어버렸으니, 그들은 절대자로서의 능력은커녕 스스로의 육체조차도 유지할 수 없었다.

푸스스스—

먼저 플런더의 몸이 아래부터 가루가 되어 흩어지기 시작했다. 스스로의 육체가 환야의 먼지가 되고 있는 장면을 플런더는 참담하기 그지없는 표정으로 바라봤다.

하필이면 본신 상태에서 샤크를 만난 것이 한이었다.

평소처럼 분신으로 움직였다면, 분신은 부서질지언정 본신은 건재했을 텐데.

그는 그것이 못내 분하면서도 억울했다.

그러나 그런 억울한 심정을 느낄 사이도 없이 그의 육체는 완전한 먼지로 변해 흩어져 버렸다.

환야의 대마왕 플런더의 최후!

그가 이처럼 허무하게 스러질 것이라고 그 누가 상상이나 했을까?

확!

그때 환한 빛의 폭풍이 일어났다.

확! 화아아악!

그 빛들은 그간 플런더에게 구속되어 있던 수많은 인간과 이종족의 영혼들이 발하는 것이었다. 샤크가 엄숙한 표정으로 말했다.

"유아즈 아배흐……! 오래도록 마왕에게 고통 받은 불쌍한 영혼들이여! 마왕 샤크의 이름으로 그대들의 구속을 풀어 준다. 이제 누구도 그대들을 구속하지 않을 것이니 부디 편안한 안식을 취하도록 하라."

그러자 마치 샤크의 말에 호응이라도 하듯 영혼들이 춤을 추었다. 사방이 환해졌다.

찬란한 빛!

영혼들이 기뻐하고 있었다. 그들은 자신들을 해방시켜준 샤크의 주위를 한동안 맴돌다 힘껏 날아올랐고, 이내 환야의 저편으로 사라졌다.

그렇게 마왕에게 구속되었던 영혼들이 자유를 얻는 경이로운 광경을 르티아는 멍한 표정으로 지켜보았다.

용자가 마왕을 해치우고 할 수 있는 가장 정의로운 행동! 저것은 환야에서 볼 수 있는 가장 아름다운 장면이리라.

그렇다.

지금은 아니지만 한때는 그도 저러한 일을 했다. 한두 번도 아니고 숱하게 했던 일이며, 그것은 그의 즐거움이기도 했던 것이다.

그러나 그런 즐거움을 느껴 본지가 언제인지 기억이 나지 않을 정도로 아득히 오랜 시간이 흘렀다. 그동안 그는 오직 환야의 절대 지배자가 되겠다는 야심에만 불타고 있었던 것이다.

그런데 그것을 이루지 못하고 이렇게 죽게 될 줄이야.

모든 것이 허망하긴 했다.

그러나 그는 자신의 선택을 후회하지 않았다. 과거로 돌아간다 해도, 그는 결국 같은 길을 걸었을 테니까.

하필이면 샤크라는 별종 마왕과 같은 시간대에 존재했던 것이 불행이었을 뿐, 그렇지 않았다면 그는 자신의 목표를 이루었을 것이다.

'빌어먹을!'

자신의 모습이 먼지가 되어 흩어지는 모습을 보고 싶지 않아 그는 눈을 감았다.

바로 그 순간.

기이한 일이 벌어졌다.

본래라면 플런더처럼 먼지로 변해야 할 그의 몸이 멀쩡한 상태로 돌아왔다.

이게 어찌 된 일?

알 수 없는 기운이 그의 전신을 감쌌다. 심지어 샤크에 의해 부서진 힘의 근원도 복원된 것을 알게 된 그는 경악에 휩싸였다.

이게 대체 무슨 일일까?

그는 마치 꿈이라도 꾸는 듯했다.

"살고 싶은가?"


갑자기 어디선가 들리는 음성.

그것은 그의 영혼을 울리는 기이한 음성이었다.


**"이후로 우리의 뜻에 전적으로 따르겠다면 네게 우리의 힘을 주겠다."**


르티아는 전율에 휩싸였다. 그를 둘러싼 기운에서 느껴지는 힘은 그로서는 상상조차 힘들 만큼 거대한 것이었다.

그런 그들이 힘을 주겠다고 한다.

미증유의 초강력한 힘을!

그러나 그로서는 선뜻 수락할 수 없는 꺼림칙한 조건이 붙어 있는 것이 문제였다.

수락하면 그들의 뜻을 전적으로 따라야 한다.

그들의 의도가 무엇인지 모르지만, 수락하는 순간 그는 그들의 종이 되는 것이나 마찬가지.

말 그대로 영혼을 팔아야 하는 것이나 다름없는 것이다.

어찌해야 할까?

단연코 그것은 용자가 선택할 길은 절대 아니었다.

환야의 절대용자라 불리던 그라면 더더욱.

"나에게 원하는 것이 무엇이오?"

르티아는 물었다.


"네가 이루지 못했던 그것을 이루라. 우리가 원하는 것은 오직 그것뿐이다. 네게 대항하는 모든 이들을 쓰러뜨리고 환야의 절대 지배자가 되어라."


"……!"

르티아의 몸이 떨렸다. 그는 잘못 들었나 싶었다.

"그 말이 진정이오?"


"물론이다. 환야를 통치하라. 우리가 원하는 것이 바로 그것이다."


"오오!"

르티아는 한없이 고무되었다. 이 거대한 힘을 가진 존재들이 원하는 것이 설마 그가 그토록 염원하던 목표와 같은 것일 줄이야.

"으하하하! 정말로 그렇다면 내가 어찌 주저하겠소?"

르티아는 깊게 고민하지 않고 고개를 끄덕였다.

솔직히 그들이 아주 무리한 것을 원했다 해도 그로서는 망설이지 않았을 것이다. 이 불가사의한 힘만 얻을 수 있다면 못할 것이 없을 테니까.

그런데 하물며 환야의 절대 지배자가 되라는 것인데 어찌 거절하겠는가.

그는 자신에게 기사회생의 특별한 행운이 찾아왔음을 깨닫고 의미심장한 미소를 지었다.

물론 저 알 수 없는 존재들에게 어떤 꿍꿍이가 있을지는 모른다. 언제고 그가 우려했던 대로 영혼을 빼앗아갈 지도 모른다.

그래도 상관없다. 환야의 절대 지배자가 될 수만 있다면.

그리고 저 꼴 보기 싫은 별종 마왕 샤크를 죽일 수만 있다면.

르티아의 두 눈이 이글이글 타올랐다.

"당신들의 뜻대로 할 테니 어서 내게 힘을 주시오!"

그는 힘차게 외쳤다.

**"좋아. 네게 힘을 주도록 하지."**

르티아가 흔쾌히 수락한 것이 흡족한 듯 음성은 약간 들떠 있었다.

"우리의 힘은 현재 너의 육체로는 감당할 수 없다. 너의 새로운 육체가 완성되기까지는 잠시의 시간이 필요할 터."

그 말이 끝나는 순간 르티아의 몸은 찬란한 광채에 휩싸였다.

츠으으으!

그리고 그의 몸은 그 광채와 함께 어디론가 사라져 버렸다.

그렇게 르티아가 알 수 없는 힘의 보호를 받아 결계를 빠져나가고 있었지만, 샤크는 그를 신경 쓸 여유가 없었다.

샤크의 앞에는 신비한 자줏빛의 머리를 가진 여인과 붉은 홍채를 가진 거대한 체구의 노인, 그리고 멋들어진 황금발의 엘프 청년이 나타나 있었는데, 그들로부터 풍기는 기세는 상상초월이었다. 그들에 비하면 플런더나 르티아는 한낱 미물에 지나지 않을 정도였다.

샤크는 단번에 그들이 일루전 족임을 알아봤다. 차원력

의 기운이 그들로부터 느껴졌기 때문이다.

'이전에 봤던 자들과는 비할 수 없이 강력해 보이는군. 작정하고 나를 찾아온 건가?'

그렇지 않아도 일루전 족들과 조우하게 될 것에 대비하고 있던 샤크였지만, 그들의 능력이 예상 밖으로 강력해 르티아가 눈앞에서 사라지는 모습을 보면서도 손을 쓸 수가 없었다.

'지금 나의 능력으로는 저들 중 단 하나를 감당하기도 쉽지 않다.'

마궁의 루트 오브 다크니스에 존재하는 본신이 직접 온다면 모를까, 현재 분신 상태인 샤크로서는 감당하기 힘든 엄청난 강자들이 나타난 것이다.

자줏빛의 여인이 입을 열었다.

"하찮은 마왕이 차원력을 각성해 초월자의 경지에 이른 것은 실로 경탄할 만한 일이긴 하다."

"……."

샤크는 말없이 그녀의 말을 들었다. 그러자 이번에는 옆의 노인이 입을 열었다.

"우리는 무한의 시간, 무한의 차원 속에서 살아가는 차원의 종족. 네가 우연히 우리의 힘에 눈을 떴지만, 그래 봤자 아주 미약한 힘일 뿐임을 알아야 할 것이다."

"……."

이번에도 샤크는 대답하지 않고 묵묵히 듣고만 있었다.

마지막으로 청년이 샤크를 향해 말했다.

"네게 경고한다. 더 이상 우리의 일에 간섭하지 마라."

그 말에 샤크가 싸늘히 웃으며 대답했다.

"초월자라는 너희들의 행위가 협의에 어긋나지 않는다면 내가 굳이 간섭을 할 이유는 없겠지."

샤크의 말에 청년 등의 표정이 기괴하게 변했다. 그들은 설마 샤크가 협의라는 말을 할 줄은 상상도 못했던 것이다. 청년이 큭큭 웃었다.

"협의니 정의니 하는 것은 모두 인간들이 만들어 놓은 허울일 뿐이다. 초월자인 우리가 어찌 그따위 것에 얽매이겠느냐?"

"그런 게 초월자라는 건가?"

샤크의 시큰둥한 반응에 청년이 살짝 인상을 찌푸렸다.

"네가 생각하는 초월자는 무엇이기에 그런 말을 하는 거지?"

"나는 초월자가 뭔지 모른다. 그래서 묻는 것이다."

"후후후, 그렇다면 알려 주지. 우리는 때로 빛일 수도 있고 어둠일 수도 있다. 그러나 그 어디에도 얽매지 않는다. 그 무엇도 우리의 의지나 선택을 강요할 수 없다는 뜻이지."

"빛일 수도 있고 어둠일 수도 있다?"

"다시 말하지만 우리는 그따위 작은 범주들에 갇혀 있지 않다는 뜻이다. 우리가 무엇을 하든 그것이 진리이다. 그중 어떤 것들은 하찮은 인간들에게 있어 재앙처럼 느껴질 수도 있겠지만 말이야."

샤크의 표정이 차갑게 굳었다.

"뭐 그렇다 치지. 그러면 너희들은 무엇 때문에 일루전트레저라는 것을 만들어 마왕이나 타락한 용자들을 배후에서 조종한 거지?"

"그건 유희일 뿐이다."

"유희라. 그럼 내 앞에서 르티아를 빼돌린 이유는?"

"그는 오래전부터 우리의 선택을 받은 자다. 이후로도 우리의 뜻에 따라 환야를 지배하게 될 것이다."

"굳이 그를 선택한 이유를 물어도 될까?"

"그 또한 우리의 유희일 뿐 다른 이유는 없다."

"그렇군."

샤크는 무겁게 고개를 끄덕였다. 그러고는 더 이상 할 말이 없다는 듯 입을 굳게 다물고만 있었다.

사실 그는 정말로 할 말이 없었다.

그들이 죽어 마땅한 르티아를 빼돌린 이유가 고작 유희 때문이라니.

그저 유희일 뿐이라니.

거기에 무슨 말을 하겠는가.

타락한 용자인 르티아로 인해 얼마나 많은 무고한 이들이 죽임을 당했던가.

절대용자라던 그의 타락으로 얼마나 많은 보통의 용자들이 용자로서의 정체성을 상실했던가.

마왕이 환야에 끼치는 해악보다, 용자가 타락했을 때 끼치는 해악이 더욱 크다.

특히 절대용자라면 더더욱.

그것은 곧 협의의 소멸을 의미하기 때문이다.

협의의 절대 상징인 절대용자가 마왕처럼 되어 버린다면 인간과 이종족들은 그 누구를 의지하겠는가.

용자를 의지하던 그들의 마음에서 희망이라는 단어 자체가 사라져 버릴 것이다. 살아도 산 것이 아니고, 그저 죽음만을 기다리게 될 것이다.

낮의 빛이 사라지고 오직 밤의 어둠만이 가득한 세상.

거기에 무슨 희망이 있을까?

따라서 타락한 절대용자는 반드시 없어져야 할 존재다. 그래야 환야에 아직 협의가 존재한다는 것을 알려 줄 수 있다. 힘들지만 묵묵히 협의를 수행하고 있는 다른 용자들에게 용기를 줄 수 있다.

샤크가 카렌과의 약속을 어기고서라도 르티아를 반드시 제거하려 하는 이유는 바로 그 때문인 것이다.

그런데 일루전 족들은 그런 르티아를 살려 주었을 뿐 아니라, 그에게 감당할 수 없는 거대한 힘을 주려하고 있으니 기막힐 뿐이었다.

오직 유희라는 이유로.

그때 청년이 미간을 찌푸리며 물었다.

"경고를 받아들이겠느냐? 네 대답 여부에 따라 우리가 너를 어떻게 처리할지 결정할 것이다."

샤크는 차갑게 그들을 노려보며 말했다.

"나는 너희들을 그냥 두고 보지 않을 생각이다."

"두고 보지 않겠다면? 그럼 우리를 대적하겠다는 뜻인가?"

"잘 아는군."

샤크가 당연하다는 듯 고개를 끄덕이자, 청년 등은 어이없어하는 표정을 지었다. 여인이 냉소하며 말했다.

"살 기회를 주었건만 스스로 거부하다니, 너는 정말 어리석구나."

"어리석은 건 너희들이다. 명색이 초월자라 불리면서 어찌 마왕들이나 할 수 있는 사악한 유희를 일삼고 있는 것이냐?"

"호호호! 사악한 유희? 마왕인 네가 그런 말을 하다니 우습구나."

여인은 허리를 비틀며 크게 웃었다. 청년과 노인도 비웃음이 가득 담긴 표정으로 입을 열었다.

"하하하! 하찮은 마왕 따위가 운 좋게 차원력을 다룰 힘을 얻었다고 기고만장하고 있는 모습이 실로 가소롭군요."

"이제껏 마왕이 각성해 초월자가 된 경우는 없었지. 그로 인한 부작용이 분명해. 놈의 근본이 마왕인 건 변할 수 없는 사실이니까."

"그럼 이제 저놈이 얼마나 무력한 존재인지 느끼게 해주어야겠지요."

"후후후, 좋은 생각이로군."

그들은 마치 들으라는 듯 비아냥거렸지만, 그 소리를 듣고도 샤크의 표정은 별다른 변화가 없었다.

사실 그의 본신이 직접 오지 않는 한 저 앞의 일루전 족들을 모두 상대한다는 건 불가능하다. 따라서 이 상황에서 저들의 비위를 거스른다는 건 곧 죽음을 자초하는 일이리라.

물론 그 죽음은 분신이 파괴되는 정도로 그치겠지만, 그래도 분신을 다시 만드는 데 드는 시간을 고려해 본다면 상당히 번거롭고 부담스러운 일임은 틀림없다.

그러나 샤크가 그렇다 해서 저들의 뜻을 따를 자인가?

그는 설사 부러질지언정 굽히지 않는다.

다른 것도 아니고 협의에 있어서라면 단 한 치도 물러서거나 양보할 생각이 없는 이가 바로 그인 것이다.

샤크는 속으로 쓰게 웃었다.

'나는 여전히 협의에 대한 집착을 버리지 못했구나.'

전생과는 달리 이번 생은 남들이 어떻게 살든 관심 갖지 않겠다고 다짐했던 그다.

평생을 협의에 바치면 무엇 하는가.

돌아오는 건 배신이었을 뿐인데.

무림의 모든 고수들이 그를 대적하여 섰을 때 그의 옆에 누가 함께 서 있었던가.

아무도 없었다.

그는 오직 혼자였다.

그래서 당시 그는 자신이 쥘 수 없는 것을 쥐려했고, 잡을 수 없는 것을 잡으려 했을 뿐임을 깨달았다.

일평생의 숙원이 한낱 허망한 꿈이었다는 것도.

그런데 또 그 길을 가고 있다니! 저 일루전 족들이 자신을 어리석다 말하는 것이 한편으로는 맞는 말임을 샤크는 부인할 수 없었다.

그래도 어쩌겠는가.

이대로 죽을지언정, 전신이 가루가 되어 부서져 버릴지언정 그는 패악한 길을 용인할 수 없었다.

죽어도 협의를 위해 죽으리라.

화악!

그의 두 눈에서 결연한 빛이 번쩍였다. 그 빛은 매우 찬란하면서도 맑았다. 순간 청년과 여인, 노인의 얼굴이 굳어지더니 이내 일그러졌다. 그들의 표정에는 짙은 불쾌감이 가득했다.

그들은 샤크의 그 눈빛이 마음에 들지 않았다. 그것은 당연했다. 일순간이지만 샤크의 투명한 눈빛을 통해 자신들의 모습이 훤하게 비춰졌기 때문이다.

마치 거울을 보듯 드러났다.

초월자로서의 신비롭고 멋들어진 모습이 아닌 매우 추악한 내면이.

그러한 자신들의 모습을 보게 되자, 그들은 일순 충격을 받았고 혼란에 빠졌다. 동시에 극심한 분노에 휩싸였다.

그들은 조금 전 그 모습을 인정할 수 없었다. 더더욱 하찮은 마왕 따위로부터, 초월자인 그들을 부끄럽게 만드는 진실의 빛이 비춰졌다는 것을 인정할 수 없기도 했다.

"감히!"

순간 청년과 노인, 여인의 몸에서 뿜어져 나온 기운이 샤크를 둘러쌌다. 그것들은 마치 밧줄처럼 샤크를 꽁꽁 묶어 버렸다. 동시에 갖가지 다양한 빛의 창들이 살아 있는 새들처럼 샤크의 주위를 포위했다.

그렇게 샤크가 미처 대항하기도 전에 그의 몸은 일루전들이 발산한 차원력의 기운에 제압되고 말았다.

츠츠츠—

찬란하게 반짝이는 빛의 창들!

그중 단 하나라도 날아와 심장에 박히면 샤크의 몸은 가루로 변하게 된다. 그런데 샤크를 중심으로 배회하고 있는 빛의 창들의 숫자는 가히 무한대에 가까웠다. 또한 그것들이 포진하고 있는 영역은 웬만한 소세계의 규모를 방불케 했다.

그 영역의 중심에 샤크가 묶여 있었고, 그를 포위한 빛의 창들이 각각의 속도와 궤도로 공전하고 있었다.

누군가 멀리서 이 광경을 본다면 그야말로 기막히지 않을 수 없으리라.

그 광경은 흡사 작은 개미 하나를 수 만 명의 사람들이 포위한 형국이었던 것이다. 그중 누구라도 발을 들어 밟아 죽일 수 있을 만큼 개미는 무력한 존재였다.

그냥 죽이면 되지 꼭 이렇게까지 할 필요가 있단 말인가?

이는 그들이 샤크에게 그가 얼마나 초라한 존재인지를 느끼게 하기 위함이었다. 이제 갓 초월자의 영역에 들어선 그로서는 상상도 할 수 없는 초절한 경지가 존재한다는 것을 알려 주기 위함이었다.

그로 인해 샤크가 충격을 받고 자신의 무력함을 깨달아 절망감에 몸부림칠 때, 그를 죽이고자 함인 것이다.

그러나 그들의 기대와 달리 샤크의 표정에는 두려워하는 기색이 전혀 없었다. 오히려 그의 입가에는 경멸 가득한 조소가 맺혔다.

"큭! 초월자는 무슨! 개소리들 하지 마라. 너희들은 그저 자신의 힘을 과시하고자 하는 힘 센 몬스터에 불과할 뿐이다."

그러자 청년 등은 일제히 인상을 일그러뜨렸다. 샤크를 노려보는 그들의 눈빛은 섬뜩하기 이를 데 없었다.

"아무래도 네놈이 분신 상태라 안심하는 모양이로군. 그러나 그것은 네 착각일 뿐이다."

"호호호! 과연 본신이 죽게 되었을 때도 그런 모습을 보일 수 있을까?"

그들의 말이 끝나는 순간 샤크를 둘러싼 빛의 창들이 가느다란 바늘의 형상으로 변하더니 샤크를 향해 일제히 돌진했다.

파악! 파파파팍!

샤크의 몸을 무수한 바늘이 뒤덮었다. 본래라면 그중 단 하나에 적중해도 부서져 흩어져야 정상이지만, 청년 등은 일부러 샤크를 살려 둔 상태였다. 샤크가 극한의 고통을 느끼게 하기 위함인 것이다.

그 고통은 아무리 마왕이라 할지라도, 심지어 초월자라 할지라도 절규하게 만들 만큼 강력했다. 샤크는 지금껏 상상도 못 해 봤던 초절한 고통에 치를 떨었다.

"크윽!"

그러나 그는 단 한 번 신음성을 흘렸을 뿐, 그 후로는 다시 본래의 담담한 표정으로 돌아갔다. 그러자 청년이 샤크의 몸에 박힌 바늘들을 일제히 뽑았다가 다시 쑤셔 박았다.

촤아아악!

파파파팍—

그러자 샤크의 입에서 다시 신음성이 한 번 터져 나왔고, 다시 본래의 표정으로 돌아갔다. 오히려 그의 입가에는 예의 조소가 맺혀 있었다. 어디 해 보라면 해 보라는 듯.

"으득! 마왕 놈답게 정말 독하기 이를 데 없구나."

청년이 이를 갈았다. 여인이 미간을 찌푸리며 말했다.

"쓸데없이 분신 따위에 시간을 낭비할 것 없잖아요."

"내 생각도 그러하다. 분신 따위는 그만 없애버리고 놈의 본신이 숨어 있는 마궁으로 이동하도록 하자."

노인까지 그렇게 말하자 청년은 이내 고개를 끄덕였다.

"그게 좋겠군요."

그 말과 함께 청년은 오른손을 슬쩍 흔들었다.

파스스—

그때까지 극한의 고통 속에서 꿈틀거리고 있던 샤크의 몸이 그대로 먼지로 변해 흩어져 버렸다.

그렇게 샤크의 분신이 사라진 순간, 청년 등의 몸은 아득한 공간의 저편으로 이동해 있었다.

Chapter 4

의리를 지키는 자 누가 있나?

쾅쾅! 쿠콰콰쾅!

우르르르르—

외성들이 연이어 부서져 내렸다.

샤크의 부하 마족들이 공들여 확장시켰던 마궁의 영역이 급속도로 축소되었다.

급기야 내성의 대나무 숲이 불타버렸다. 샤크의 멋들어진 초옥도 무너져 내렸다.

게다가 마궁의 근원이라 할 수 있는 루트 오브 다크니스까지 사라져 버렸으니!

그것은 곧 마궁이 파괴되었음을 의미했다.

마족과 마물들은 패닉 상태에 빠졌다.

그들로서는 상상조차 불가능한 무서운 능력의 존재들에 의해 그들이 그토록 믿었던 로드가 무력한 상태가 되어 버린 것이다.

무너져 내린 초옥에서 만신창이가 된 샤크의 본신이 질질 끌려나오고 있었지만, 마족들은 그 모습을 그저 바라볼 뿐이었다. 알 수 없는 미증유의 힘이 그들을 누르고 있어 옴짝달싹도 할 수 없었다.

이 상황에 치를 떨고 있는 이들은 마족들뿐이 아니었다.

"로, 로드……!"

라우벤이 절규했다. 로니안도 피터도 이 믿을 수 없는 광경이 꿈인가 싶었다.

로드가 당하다니!

단연코 환야의 최강자라 확신했던 로드가 저리 무력한 상태가 되다니!

'으으! 로드를 구해야 한다.'

'모, 몸이 움직여지지가 않아요.'

그들의 힘이 이 상황에 조금도 도움이 되지 못한다는 것을 알았지만, 설령 그렇다 해도 샤크를 향해 달려가려 했다. 그러나 그들은 마치 석상이라도 된 것처럼 꼼짝도 할 수가 없었다. 알 수 없는 힘들이 그들을 누르고 있었던 것이다.

그때 청년이 한 손으로 샤크의 머리채를 잡아 올렸다.

피칠갑이 된 얼굴. 그런데도 샤크의 눈빛은 여전히 담담했다. 당연히 절망에 몸부림쳐야 할 이 상황에도 그는 마치 이 일과 전혀 상관없기라도 한 듯 초연해 보였다.

"흥!"

청년은 샤크의 그러한 태도가 못마땅한지, 코웃음을 날렸다.

"어리석은 놈! 너는 이 상황에서도 협의 따위를 운운하며 우리와 대적할 생각이냐?"

"……"

샤크가 그를 노려봤다. 섬뜩하도록 무심한 그의 눈빛을 마주한 청년은, 일순 가슴이 서늘해지는 기분을 느끼고 인상을 일그러뜨렸다. 그런 그를 비웃듯 쏘아보며 샤크가 입을 열었다.

"너희는 머지않아 보게 될 것이다."

"무엇을 말이냐?"

"협의를 하찮게 여겼던 너희들의 초라한 최후를."

그러자 청년은 헛웃음을 뱉어내며 물었다.

"그게 가능하리라 믿느냐?"

"물론이다. 스스로 모든 걸 초월했다 자부하는 너희들이 그저 무력한 미물에 다를 바 없음을 알게 될 것이다."

"닥쳐라!"

청년은 분기탱천한 눈빛으로 샤크의 머리를 후려쳤다. 순간 그의 손으로부터 수많은 빛의 바늘들이 빠져나와 샤크의 머리를 파고들었다.

파팍! 파파파팍!

차원력이 깃든 빛의 바늘들이 샤크의 전신을 휘저었다.

"으윽!"

샤크의 입에서 짤막한 신음성이 터져 나왔다. 그러나 그 것뿐이었다. 그 상상할 수 없는 초절한 고통 앞에서도 그의 입가에는 다시 싸늘한 조소가 피어나 있었다.

그 후에도 청년과 여인, 노인이 그들이 할 수 있는 온갖 잔혹한 고문을 가했지만 샤크의 표정은 변하지 않았다.

그것은 마치 무저항의 시위 같았다. 그 어떤 고통을 가하든 협의를 향한 그의 의지를 변하게 할 수 없다는 것을.

그 모습에 청년 등은 치를 떨었다. 그들은 샤크를 죽이기에 앞서 그가 절망에 몸부림치는 모습을 보고 싶었지만 이 대로라면 그것은 불가능했다.

스스—

그때 그들의 뒤쪽에 금발의 청년을 비롯한 수많은 인물들이 나타났다.

금발 청년은 다름 아닌 르티아.

그 사이 그는 일루전들에 의해 차원력의 능력을 각성하여 이전과는 비할 수 없이 강력한 존재가 된 것이다.

그리고 그와 함께 나타난 이들은 또 다른 일루전들이었다. 놀랍게도 그들의 숫자는 수백은 되어 보였다.

단 셋으로도 샤크를 만신창이로 만들어 버린 일루전들이다. 그런 일루전들이 수백이나 몰려왔다는 말인가.

그중에는 샤크가 이전에 조우했던 부활의 무덤이나 몽환의 우물, 광전사의 불꽃과 같은 일루전들도 있었다.

한때 그들은 일루전 트레저 상태로 샤크의 소유물처럼 지낼 때도 있었지만, 샤크가 초월자의 능력을 각성한 순간 그를 죽이려 했었던 것이다.

그러나 샤크는 그들을 보면서도 별다른 표정의 변화를 보이지 않았다. 이미 그들이 몰려올 것을 알고 있기라도 한 듯 입가에 싸늘한 조소만 흘리고 있었다.

그때 르티아는 만신창이 상태가 된 샤크를 득의만만한 표정으로 쳐다봤다. 그는 이내 의미심장한 미소를 지으며 청년 등에게 말했다.

"위대하신 분들이여. 저놈을 제게 맡겨 주시지 않겠습니까? 놈이 처절하게 절망에 몸부림치게 할 수 있는 방법을 저는 알고 있습니다."

그와 함께 르티아는 자신이 생각한 것을 청년 등에게 은밀히 말했다. 순간 청년 등의 표정에 회심의 미소가 맺혔다.

"좋은 생각이로군. 우리가 도와줄 테니 그대의 뜻대로 해 보아라."

청년 등은 흔쾌히 수락했다. 이에 의기양양해진 르티아는 샤크를 사나운 눈초리로 노려보며 걸어갔다.

번뜩!

그러나 그 순간 샤크의 눈에서 쏘아져 나온 싸늘한 한기에 르티아는 흠칫 걸음을 멈추고 말았다.

'으으!'

그저 샤크는 한 번 쏘아봤을 뿐이다. 그런데도 르티아는 공포심에 정신을 차릴 수가 없었다. 마치 뱀 앞에 선 개구리처럼 그는 몸을 오들오들 떨고 있었다.

'으! 이럴 수가!'

초월자들에 의해 차원력의 힘을 대거 각성했는데도 어찌 이런 두려운 마음이 든다는 말인가? 그것도 저 만신창이 상태의 무력한 존재에게 말이다.

르티아는 인정하고 싶지 않았지만 그것은 사실이었다.

그는 샤크를 향해 발을 다가갈 자신이 없었다. 아니, 이 대로 걸어갔다간 틀림없이 죽을 것 같다는 극심한 두려움에 그의 몸은 석화라도 된 듯 굳어졌다.

그렇게 르티아가 허둥대고 있자, 청년이 혀를 찼다. 그의 두 눈에서 찬란한 빛이 쏘아져 나와 르티아의 몸을 감쌌다.

"두려워할 것 없다. 저놈의 능력은 우리가 봉인하고 있으니 이제 네가 할 수 있는 모든 수단을 다해 놈을 절망에 몸부림치게 만들어 보아라."

"알겠습니다."

청년의 두 눈에서 나온 빛이 몸을 감싸는 순간, 르티아는 두려운 마음이 사라졌다. 그는 심호흡을 하고는 다시 원독 어린 눈빛으로 샤크를 노려봤다.

그 사이 샤크는 그에게 관심 없다는 듯 두 눈을 감아 버린 상태였다. 르티아는 이를 으득 갈고는 말했다.

"마왕 샤크! 한낱 마왕 따위가 협의를 논하다니 실로 가소롭구나. 그럼 어디 네가 말한 그 협의가 과연 존재하는지 증명해 보겠느냐?"

순간 샤크가 두 눈을 번쩍 떴다.

"지금 증명이라 했나?"

그의 눈빛과 마주한 르티아는 흠칫 몸을 떨었다. 그러나 청년이 펼쳐준 빛이 그의 몸을 보호하고 있는 덕분에 아까처럼 패닉 상태로 빠져들지는 않았다.

이에 안심한 르티아는 오연한 미소를 지으며 말했다.

"그렇다. 이제 네가 얼마나 허망한 것을 손에 쥐려 했는지 너는 알게 될 것이다."

"허망한 것이라면 협의를 말하는 건가?"

"후후, 그렇다. 네가 그토록 강조하던 협의라면 너의 부하들이 너를 배신하지 말아야겠지."

"……!"

샤크의 표정이 굳어졌다. 르티아가 무슨 일을 벌이려는지 짐작이 갔던 것이다.

"위대한 분들께서 약속하셨다. 만일 너의 부하들 중 단 하나라도 너에 대한 의리를 지킨다면 네가 추구하던 협의가 결코 허망한 것이 아님을 인정하고 널 살려 준다고 말이야."

"……!"

샤크가 뜻밖이라는 표정을 짓자 르티아의 미소가 짙어졌다.

"그러나 내가 확신컨대 너의 부하들 중 너에 대한 의리를 지키는 녀석은 단 하나도 없을 것이다."

그 순간 샤크는 코웃음을 흘렸다.

"그럴 리는 없다."

물론 그는 모두가 의리를 지킬 것이라 생각은 하지 않았지만, 설마 단 하나도 남김없이 모두가 자신을 배신하지는 않을 것이라 생각했던 것이다.

그러나 다시 생각해 보니 과연 단 한 명이라도 의리를 지켜줄지 궁금하긴 했다. 전생에서 그가 무림공적이 되어 고립되었을 때 그의 곁에는 아무도 없었으니까.

과연 누가 있을까?

마족이나 마물들은 무조건 배신할 것이다. 샤크는 애초부터 그들에게 의리 따위란 기대도 하지 않았다.

하지만 라우벤이나 로니안이라면?

그리고 피터도 있다.

그들 모두는 용자가 되기에도 충분할 만큼 성정이 바르고 의지도 굳건하다. 웬만한 협박 따위에 굴복해 의리를 저버릴 이들은 아닌 것이다.

또한 적발의 여마왕 테나도 있다.

그녀는 마왕이지만 샤크에게 목숨을 건 충성을 바치겠다 맹약했고, 실제로 그녀로부터 그런 충정이 느껴졌던 것이다.

그들이라면?

아니, 그들 모두는 아니어도 단 한 명쯤은 의리를 지켜주지 않겠는가.

그것이 샤크가 가진 생각이었다. 그러나 르티아는 마치 그런 샤크의 심정을 훤히 읽기라도 한 듯 의미심장한 미소를 흘리며 말했다.

"후훗! 그것은 너의 망상일 뿐이다, 마왕 샤크."

그 말이 끝나는 순간 샤크의 앞에 한 명의 마족이 나타났다. 그는 샤크의 권속 중 하나인 오우거 형상의 하급 마족 페브리스였다.

"마족 페브리스! 네가 저기 있는 마왕 샤크의 가슴을 검으로 찌른다면 너를 최상급 마족이 되게 해 주마."

"예엣?"

르티아의 말에 페브리스는 깜짝 놀랐다. 그런데 그가 뭐라고 대답하기도 전에 어디선가 날아온 투명한 빛이 그의 몸을 휘감았다.

츠츠츠츳—

페브리스는 갑자기 자신의 몸으로 엄습하는 정체불명의 기운에 정신을 차릴 수 없었다. 그러다 얼핏 정신을 차렸을 때 그는 자신이 갑자기 어린아이에서 어른이 된 것처럼 힘이 이전과 비할 수 없이 강해졌음을 느꼈다.

"우오오오오오!"

힘을 주체할 수가 없어 절로 포효가 나왔다. 그는 본래 상급 마족이었는데 리버스의 부작용으로 하급 마족이 되었다. 그런데 지금 그가 가진 힘은 상급 마족 따위는 가소로울 정도로 강력했다.

그렇다.

알 수 없는 외부의 기운이 그를 최상급 마족으로 만들어버린 것이었다.

'크크크! 내가 최상급 마족이 되었다!'

페브리스는 마치 꿈을 꾸는 듯했다. 아니 꿈이라면 절대 깨고 싶지 않았다.

같은 마족이라도 상급 마족과 최상급 마족은 비교 자체가 불가능하다. 하물며 리버스의 부작용으로 하급 마족이 되고만 그에게 있어 최상급 마족이란 하늘과 같은 존재인 것이다.

"그 힘을 원하는가. 마왕 샤크의 가슴을 찌른다면 그 힘은 영원히 너의 것이 될 수 있다."

그때 그의 마음을 울리는 음성이 있었으니. 페브리스는 그 음성의 주인이 바로 자신에게 이 엄청난 힘을 준 존재임을 확신했다.

또한 그가 바로 마왕 샤크를 한낱 고깃덩이와 같은 신세로 만든 미증유의 능력을 가진 존재들 중 하나라는 것도.

그러나 그는 샤크를 배신할 수 없었다. 그 이유는 샤크에 대한 충성심이라기보다는 그를 배신할 경우 저주를 받아 처참하게 죽게 될 것이라는 두려움 때문이었다.

**"염려마라. 네가 마왕 샤크에게 한 권속으로서의 맹약이 가진 저주는 해제되었다."**

쿠웅!

그 말이 페브리스의 마음에 천둥처럼 울렸다. 그 순간 페브리스는 자신이 로드 샤크의 권속에서 벗어나 자유로운 존재가 되었음을 확신할 수 있었다.

'크킷! 그렇다는 말이지?'

그럼 망설일 이유가 있을까? 그가 그토록 두렵게 생각했던 로드는 이미 무력한 존재가 되어 버렸다. 권속의 맹약조차 사라졌다면, 배신 정도가 아니라 그보다 더한 것도 할 수 있으리라.

곧바로 샤크를 노려보는 페브리스의 눈빛이 싸늘하게 번뜩였다.

"킥! 꼴좋게 됐수."

페브리스는 서슴없이 걸어가 샤크의 가슴을 검으로 마구 찔렀다.

푹! 푸푸푹—

그냥 한 번만 찔러도 될 것을 굳이 저렇게 할 필요가 있단 말인가. 그러나 페브리스는 예전에 샤크에게 죽도록 맞았던 기억을 떠올리자 분노를 걷잡을 수 없었다.

"크카카캇! 망할 마왕 놈! 뒈져랏! 뒈져!"

푹! 푹파파팍!

피가 튀고 살점이 사방으로 흩어졌다. 무자비하게 엄습하는 검으로 인해 샤크의 몸은 형체를 알아볼 수 없을 만큼 처참한 지경이 되었다.

르티아가 득의의 미소를 흘리며 말했다.

"후후! 잘했다, 페브리스. 약속대로 그 힘은 너의 것이다. 이제 어디든 네가 가고자 하는 곳으로 떠나도록 하라."

"크크크! 감사합니다."

페브리스는 의기양양한 표정으로 웃음 지었다. 최상급

마족이 되었을 뿐만 아니라 자유의 몸이 되었으니 이제 환야를 마음껏 누비며 즐길 일만 남은 것이다.

"퉤!"

그는 샤크를 향해 침을 한 번 뱉어주고는 힘차게 달려 어디론가 사라졌다.

그때 르티아가 조소를 흘리며 샤크를 쳐다봤다.

"권속 마족에게 배신을 당한 기분이 어떠냐?"

"……"

샤크는 침묵으로 대답했다. 그의 표정은 담담했고 별다른 충격을 받은 흔적은 없었다.

사실 페브리스의 배신은 당연한 일이다. 마족인 그가 그 엄청난 유혹을 뿌리치면서까지 샤크에게 충성을 바친다면 그것이 오히려 이상한 일일 테니까.

다만 페브리스는 짐작도 못할 것이다. 그에게 영원한 것처럼 주어진 최상급 마족의 힘이 잠시 지나면 흔적도 없이 사라져 버릴 것이라는 사실을.

즉, 일루전들이 페브리스에게 부여한 힘은 영원한 것이 아닌 아주 일시적인 것으로, 그가 잠시 최상급 마족이 된 것처럼 착각을 갖게 한 것뿐이었다.

맹약의 저주는 실제로 풀린 것이 맞으니 죽지는 않겠지

만, 최상급 마족에서 다시 하급 마족으로 추락하게 된 후유증으로 페브리스는 미쳐 날뛰게 될 것이다.

즉, 일루전들은 거짓말로 페브리스를 속였다. 그러나 그들은 자신들이 그 어떤 것에도 얽매지 않는다고 말하는 족속들이었다. 즉, 그들이 한 말을 어기는 것에도 별다른 가책을 갖지 않는 것이다.

계속해서 이번에는 중급 마족 르부스가 샤크의 앞에 나타났다. 물론 그가 스스로 원해서 온 것이 아니라 르티아가 끌어온 것이었다.

"너 또한 최상급 마족이 되게 해 주마. 이 검을 들어 저놈의 가슴을 찌르기만 한다면 지금 네게 주어진 그 놀라운 힘은 영원히 너의 것이 될 것이다."

그 사이 르부스 역시 일루전들로부터 최상급 마족의 힘을 부여받은 상태였다. 또한 샤크에게 했던 권속의 맹약이 가진 굴레가 사라졌다는 사실도 알았다.

그렇다면 무엇을 망설이겠는가.

"키킥!"

페브리스와 마찬가지로 르부스는 샤크를 향해 경멸에 가까운 조소를 흘리며 다가가 검을 찔렀다.

푹! 푹! 푸확!

그 역시 무자비하게 샤크의 몸을 난자했다. 그것은 로드 샤크에 대한 어떤 원한이 있어서라기보다는 그렇게 해야 자신에게 놀라운 힘을 준 존재들을 기쁘게 할 것 같다는 판단에서였다.

과연 르티아는 흡족해하는 표정으로 말했다.

"잘했다. 너 또한 이제 가고 싶은 곳으로 가도록 해라."

"예."

르부스는 자신의 몸에서 용솟음치는 최상급 마족의 힘을 느끼며 기분 좋게 고개를 끄덕였다. 그러고는 어디론가 사라졌다.

다음은 서큐버스 마족 팔라니아.

그녀는 본래 중급 마족이었는데, 샤크가 펼쳐준 리버스 스킬로 인해 일약 최상급 마족이 되는 행운을 누리게 되었다.

따라서 인간적으로 생각해 본다면 적어도 그녀는 페브리스나 르부스처럼 샤크를 배신해서는 안 될 것이다.

그러나 그녀는 인간이 아닌 마족이다.

그런 그녀를 인간적으로 생각해 봤자 돌아오는 건 실망뿐이리라.

아니나 다를까.

팔라니아는 싸늘한 표정으로 성큼 걸어와 샤크의 가슴에

검을 찔러 넣었다.

푸확!

한때 그녀는 샤크가 환야에서 가장 강력한 마왕이라 확신하기도 했지만, 지금은 그런 생각 따윈 저 멀리 날려 버렸다.

그녀가 볼 때 샤크는 발톱과 이빨이 다 빠진 사자였다. 맹수들의 먹잇감 신세가 되어 사라질 운명에 처한 그에게 무슨 의리 따위를 가지겠는가.

특히나 그녀가 권속으로서의 맹약을 어긴다 해도 저주로 고통 받을 염려가 사라졌고, 저 알 수 없는 신비한 존재들로 인해 가히 웬만한 마왕과 같은 능력을 얻게 되었으니, 그녀로서는 일말의 주저도 없이 샤크를 배신하는 것이 당연했다.

그렇게 샤크의 권속들 중 가장 핵심이라 할 수 있었던 마족 셋이 연이어 그를 배신했다.

거기서 끝이 아니었다.

스슷―

샤크의 앞에 적발의 요염한 여인 하나가 나타났다. 어깨 뒤로 붉은 날개를 활짝 펴고 있는 그녀는 다름 아닌 여마왕 테나였다.

"솔직히 제가 생각해도 말이 안 되지만, 당신이라면 그만한 자격이 있어요. 플런더 님은 두렵기만 했는데, 당신은 달라요. 당신은 두렵지만 동시에 존경스럽거든요."

"저를 구박해도 좋고, 심지어 죽여도 상관없어요. 그래도 전 당신께 의리를 지키겠어요."

일전에 테나가 샤크에게 했던 말이었다. 마왕인 그녀가 마왕인 샤크에게 영원을 충성을 바치겠다며 했던 맹약!

그때 그녀는 자신이 그 맹약을 어길 경우 스스로 소멸되는 절대 저주를 걸겠다고 했지만, 샤크는 그것을 허락하지 않았다.

무조건 충성해야 하는 권속 마족들과는 다르게 아무런 제약을 걸지 않았던 이유는, 그녀가 그 상태로도 변함없는 충성을 바치기를 샤크가 원했기 때문이다.

그러나 샤크를 바라보는 테나의 표정은 싸늘하기 이를 데 없었다.

"흥! 꼴좋구나."

심지어 그녀의 입가에는 경멸어린 미소도 맺혀 있었다. 그녀는 서슴없이 다가와 샤크의 가슴에 검을 밀어 넣었다.

푸확!

그러고는 더 이상 볼 것도 없다는 듯 홱 돌아서버렸다.

사실 그녀에게는 앞서 페브리스와 같은 마족들에게 했던 것처럼 어떤 특별한 힘이 제공되지는 않았다.

그저 르티아가 싸늘히 한 마디 던졌을 뿐이다.

살고 싶으면 샤크의 검을 찌르라고!

테나는 고민할 것도 없이 고개를 끄덕였다. 그녀가 샤크에게 충성을 바치려 했던 이유는 그가 강해서이다. 환야에서 가장 강한 존재가 그라고 생각했기 때문이다.

그런데 샤크가 저리 무력하고도 초라한 몰골이 되어 있는 모습을 보는 순간, 그녀에게 있던 충성심은 흔적도 없이 사라져 버리고 말았던 것이다.

그녀는 자신이 샤크의 부하였다는 이유로 꼼짝없이 죽게 될 줄 알았다가, 그의 가슴을 찌르면 살려 준다는 말을 듣는 순간 마치 죽었다 살아난 듯 반색했다.

그래서 조금도 주저 없이 샤크의 가슴을 찌르고 어디론가 사라져 버린 것이다. 르티아의 마음이 변하기 전에 최대한 멀리 도주하기 위함이었다.

르티아와 일루전들은 비웃음이 가득한 표정으로 샤크를 쳐다봤다.

"어떤가? 할 말이 있느냐, 마왕 샤크?"

"……."

샤크는 침묵으로 일관했다. 그저 당연한 일이 벌어졌을 뿐 이 상황에 그가 무슨 할 말이 있겠는가.

애초부터 그녀에게 큰 기대는 하지 않았으니까.

그래도 그는 라우벤과 로니안, 피터 등은 자신을 쉽사리 배신하지 않을 것이라 생각하는지 힐끗 그들을 쳐다봤다.

그러자 르티아의 시선이 힐끗 라우벤과 로니안, 피터 등을 향했다가 다시 샤크를 향했다.

"마왕이나 마족들은 너를 쉽게 배신했지만 인간들은 다르다고 생각하는가 보군. 후후후, 그러나 그건 너의 착각일 뿐이다."

르티아와 일루전들이 이제는 라우벤 등의 마음을 시험할 차례가 왔다.

일루전들은 과연 어떤 유혹을 펼칠 것인가? 그리고 과연 라우벤 등은 그러한 유혹에도 불구하고 샤크에 대한 의리를 지킬 것인가?

그것은 알 수 없는 일이었다.

르티아의 미소는 짙어졌고 샤크의 눈빛은 가라앉았다.

**Chapter 5**

세 번째 환상

'어리석은 마왕 놈! 네가 믿고 있는 인간 부하들은 마족 들보다 더욱 쉽게 너를 배신할 것이다. 인간들의 본성이라 면 누구보다 내가 더 잘 알기 때문이지.'

인간이 이익 앞에 얼마나 무력한 존재인지 르티아는 잘 알고 있었다. 돈만 주면 웬만한 인간들은 뭐든 한다. 자신 의 몸을 팔고 심지어 영혼도 판다.

어지간한 불의한 일도 서슴지 않고 하며, 다른 사람을 죽 이는 것도 주저하지 않는다. 그러다 보니 마물이나 마왕보다 인간이 인간들에게 더 끔찍한 존재가 되는 경우도 흔하다.

물론 개중에 돈에 초연한 이들도 있지만, 그들 또한 각자가 집착하는 것 앞에서는 무력해지고 만다.

용자라고 별수 있을까? 정의를 수호하는 용자에서 타락한 용자가 되는 것은 한 순간이다.

그러나 르티아는 자신이 타락했다는 사실을 인정하고 싶지 않았다. 그는 여전히 자신이 정의를 수호하는 절대용자라고 생각했다.

그런데 한낱 마왕 따위가 협의가 어쩌고 하며 그를 몰아붙이니 어찌 기분이 더럽지 않을 수 있겠는가.

세상이 거꾸로 돌아가도 어느 정도지, 어디 감히 마왕 따위가 용자에게 정의니 협의니 하는 헛소리를 지껄인다는 말인가.

특히 협의라니!

그 말은 용자인 그가 마왕에게 할 소리였다.

사악함에 대한 심판은 용자가 마왕에게 내리는 것이지, 감히 마왕 따위의 입에서 나올 소리가 아닌 것이다.

본래라면 그저 코웃음 치며 흘려버릴 얘기이리라.

그러나 문제는 샤크가 일루전의 초월자들도 무시 못 할 만큼 강력한 힘을 가지고 있다는 데 있었다. 만일 일루전들이 도와주지 않았다면 르티아는 자신이 샤크에 의해 이미 환야의 먼지로 변해 있을 것이란 사실을 알았다.

대체 어찌 마왕에게 저리 강한 능력이 주어졌는지 의문이지만, 다행히 저 위대한 일루전의 초월자들이 자신을 선택했다는 사실에 르티아는 고무된 상태였다.

'후후, 저들이 나를 선택한 이유는 내가 진정한 용자이기 때문이겠지.'

이전까지는 간혹 자신으로 인해 희생된 인간들에 대한 일말의 가책이라도 가졌던 르티아였지만, 지금은 그런 가책조차 사라진 상태였다.

하필이면 사악한 마왕 따위가 그것을 지적했기 때문이다. 그러다 보니 그는 이제 자신의 과오에 대해서는 떠올리는 것조차 불쾌했다.

'나는 환야의 평화를 위해 노력했을 뿐이다. 그 와중에 작은 실수와 일부의 희생이 있었던 것은 어쩔 수 없는 일. 나로 인해 장차 환야에는 진정한 평화가 도래할 것이다.'

이제 일루전들로 인해 각성한 차원력의 힘이 자신을 이 무한한 환야의 지배자로 만들어 줄 것이란 생각에 르티아의 마음은 날아갈 듯 부풀어 올랐다.

그러나.

아무리 좋게 생각하려 해도 여전히 목에 가시가 걸린 듯 거슬리는 것이 하나 있었다.

"그동안 네놈의 허망한 욕심에 의해 무고하게 희생
된 수많은 인간들을 떠올려봐라."


바로 샤크가 한 말이었다. 샤크의 그 말이 비수처럼 르티
아의 가슴에 박혔던 것이다.

샤크가 말한 협의라는 기준에 비춰보면, 르티아 자신은
타락한 용자일 수밖에 없었다.

그 기준 대로라면 용자인 르티아는 타락한 존재가 되며,
마왕인 샤크가 정의의 수호자가 되는 것이니 어찌 기막히
지 않겠는가.

그것은 매우 불쾌한 일이었으며 절대 인정할 수 없는 일
이었다.

따라서 르티아는 샤크가 말한 협의가 얼마나 허망한 것
인지를 어떤 식으로든 증명하고 싶었다.

그래서 생각해낸 것이 바로 샤크의 부하들로 하여금 그
를 배신하게 만드는 것이었다. 그토록 협의를 외치던 샤크
의 부하들이 그를 모두 배신한다면, 그가 추구하던 협의가
그만큼 허망하다는 것을 어떤 식으로든 증명하는 셈이라
생각한 것이다.

그러나 과연 샤크의 부하들이 그를 배신한다한들, 그것이 대체 협의가 허망해지는 것과 무슨 상관이 있을까?

사실 르티아는 샤크가 배신의 절망감에 몸부림치는 모습이 보고 싶을 뿐이다. 또한 그러한 절망 속에서 그가 후회하며 죽어 가는 모습을 보면 후련할 것 같았다.

그렇게 되면 샤크가 꿈꾸었던 협의라는 것도 절망과 후회 속에서 퇴색되어 버릴 것이다. 그렇게 죽어 간 마왕 따위의 말이 르티아의 가슴에 비수처럼 파고들 이유도 없을 것이다.

그런데 그와 같은 마음은 르티아뿐 아니라 일루전들도 동일했다.

그들은 샤크의 맑은 눈빛을 통해 초월자인 자신들의 추악함이 비춰졌다는 사실을 인정하고 싶지 않았다. 특히 샤크가 말한 협의라는 기준에 의하면 초월자인 그들 또한 사악한 몬스터에 불과했다.

    "너희들은 그저 자신의 힘을 과시하고자 하는 힘 센
    몬스터에 불과할 뿐이다."

그것이 그들을 괴롭게 만들었다. 샤크라는 기괴한 존재

를 만나기 전까지 그들은 이 방대한 환야의 세계에서 온갖 유희를 즐기며 초월자로서의 삶을 유유히 즐겼지만 그 어떤 가책도 느낀 적이 없었다.

그러나 샤크를 만난 순간부터 그들은 한낱 몬스터나 다를 바 없는 사악한 존재가 되어 버렸다.

따라서 그들로서는 샤크의 입에서 나왔던 협의라는 말이, 말 그대로 헛소리임을 자백 받아야 했다. 아니, 적어도 샤크가 스스로의 삶을 후회하고 절망 속에서 몸부림치며 죽어가게 만들어야 했다.

감히 하찮은 마왕 따위가 환야의 초월자들에게 협의를 논했다는 것이 얼마나 가소로운 일이었는지 깨닫게 하고, 그것을 철저히 후회하게 만들어야 했던 것이다.

다행히 그들이 선택한 용자 르티아는 그와 같은 일에 매우 능숙했다. 그들은 매우 흡족해하는 표정으로 상황을 지켜보고 있었으며, 동시에 샤크를 더욱 절망에 빠뜨리기 위해 그들이 가진 힘을 보태는 것도 주저하지 않았다.

수많은 일루전들이 각자의 차원력을 펼쳐 샤크의 능력을 봉인시켰다. 각각의 차원력은 투명한 빛줄기의 형태로 쏘아져 나와 샤크의 몸을 휘감고 있었는데, 그로 인해 샤크의 몸은 무수한 빛줄기에 의해 칭칭 감긴 상태였다.

그로 인해 그는 마족들이 와서 검으로 찌른다 해도 무력하게 당할 수밖에 없었던 것이다.

스스스—

그 사이 만신창이가 된 샤크와 르티아, 그리고 일루전들의 모습이 마궁이 있던 자리에서 사라지더니 아득한 공간을 가로질러 한 소세계의 대륙에서 모습을 드러냈다.

클라우드 대륙.

이곳은 라우벤과 로니안 등이 태어난 곳으로 한때 광전사의 불꽃이라는 일루전 트레저가 존재했던 곳이기도 했다.

즉, 클라우드 대륙은 일루전의 초월자인 광전사의 불꽃이 유희를 즐기던 장소로, 그는 샤크가 이곳 대륙에서 벌였던 활약은 물론이고, 그가 맺었던 인연들도 모두 파악하고 있었다.

광전사의 불꽃은 그와 같은 사실을 르티아에게 알려줬고, 그로 인해 르티아는 회심의 미소를 지었다.

'후후! 어리석은 마왕 놈! 네놈이 신뢰했던 녀석들이 모두 너를 배신하는 꼴을 보고도 과연 지금처럼 담담한 표정을 유지할지 궁금하구나.'

그는 샤크의 저 무심해 보이는 표정이 세차게 일그러지는 모습을, 그가 처절하게 절규하는 모습을 곧 볼 수 있으리라 확신했다.

그러나 샤크는 르티아를 비롯한 일루전들의 그러한 속내를 훤히 읽고 있었다. 그를 어떻게든 절망에 빠뜨리려 한다는 사실을.

'쓸데없는 짓들을 하는군.'

샤크는 부하들 모두가 자신을 배신한다 해도 르티아 등이 기대하는 것과 같은 크나큰 절망에 빠지지 않을 것이다.

그냥 좀 씁쓸해하고 말 것이다. 그가 어디 배신 한두 번 당해봤던가.

물론 초월자들이 던지는 유혹과 협박에 굴하지 않고 끝까지 의리를 지켜주는 기특한 녀석이 한 명쯤은 있지 않을까 한편으로 기대하고 있긴 했다.

적어도 라우벤이라면.

'그 녀석이라면 죽음 앞에서도 날 배신하지는 않겠지.'

라우벤은 샤크가 이번 생에서 만난 인연 중 가장 공을 들인 제자였다. 샤크가 짐짓 그에게 아직 멀었다 말하긴 했지만, 이미 그는 웬만한 대륙의 용자로서도 손색이 없을 만큼 강해졌다.

샤크는 라우벤을 좀 더 강하게 만들 생각이었다. 웬만한 마왕 대여섯쯤은 혼자서 간단하게 해치울 수 있는 강한 용자로 말이다.

또한 소녀지만 불굴의 의지를 가진 로니안, 그리고 협의에 대한 강한 열정을 갖고 태어난 소년 피터도 모두 용자의 재목들이었다. 샤크는 그들이 충분히 강해질 때까지 그들을 보호한 후 훌륭한 용자로서 성장할 수 있도록 도와줄 생각이었던 것이다.

그런데 르티아는 그들로 하여금 샤크를 배신하게 만들려 하고 있었다. 과연 어떤 식으로 그들을 유혹하거나 혹은 협박할 것인가?

그때 로니안이 샤크를 복잡한 눈빛으로 쳐다봤다.

'로드……!'

방금 전 그녀는 세 가지 환상을 보았다. 첫 번째는 매우 신비로우면서도 가슴 뛰는 것이었고, 두 번째는 매우 두려운 것이었고, 마지막 하나는 다시 떠올리기조차 끔찍한 것이었다.

첫 번째 환상.

환상 속에서 로니안은 지금보다 수십 배는 더 강해지는 신비한 경험을 했다. 마법으로 마스터의 경지도 아닌 그랜드 마스터의 경지, 아니 그조차도 초월했다.

그녀의 의지에 따라 새로운 마법이 생겨났는데, 그것들의 위력은 하나같이 경천동지할 만큼 강력했다.

그야말로 꿈을 꾸는 것 같았다. 이 정도의 능력이라면 그 무시무시하던 마왕들도 충분히 이길 수 있을 것이다.

그때 들리는 음성이 있었으니.

"인간 소녀여! 그대가 마왕 샤크의 가슴을 찌르면 그 힘은 그대의 것이 된다."

그 순간 로니안은 정신이 확 깨는 느낌이었다. 이 미증유의 힘을 준 신과 같은 존재들이 원하는 것이 그녀의 로드인 샤크를 배신하라는 것이라니.

로니안도 인간인 이상 어찌 이 놀라운 힘이 탐나지 않겠는가. 이 힘만 있다면 그야말로 못할 것이 없을 것이다.

그러나 로니안은 이내 입술을 깨물고는 고개를 흔들었다. 샤크는 그녀의 로드이기에 앞서 생명을 구해 준 은인이었다. 차라리 죽으면 죽었지 그를 배신할 수는 없었다.

"로드를 배신할 수는 없어요."

그러자 음성이 잠시 후 다시 들려왔다.

"인간 소녀여! 그대는 마왕이 얼마나 사악한 존재인지 정말로 모르고 있다는 말인가?"

"로드는 마왕이지만 누구보다 정의로운 분이세요."


"어리석구나, 인간 소녀여! 마왕이 어찌 정의로울 수 있겠는가. 그리고 그가 정말로 정의로웠다면 어찌 우리 초월자들에 의해 징계를 받겠느냐?"


"……!"

샤크가 초월자들에 의해 징계를 받았다는 말을 듣자 로니안은 깜짝 놀랐다. 그렇지 않아도 환야에서 가장 강하다 여겼던 샤크를 만신창이의 무력한 상태로 만든 이들의 정체가 궁금했던 그녀였다.

그런데 그들이 바로 초월자들이라니.

말 그대로 신과 같은 존재들인 것이다.


"그대도 짐작하겠지만 우리는 그대의 상상 범주 밖에 존재하는 초월자들이다. 그동안 환야를 지켜본 바 샤크 만큼 사악한 마왕이 없기에, 우리는 그가 벌인 사악한 행위에 대한 징계를 내리고자 한다."

"하지만 로드는 사악한 일을 한 적이 없어요."

"그것은 너의 생각일 뿐이다, 인간 소녀여! 그대가 보지 못한 곳에서 마왕 샤크는 차마 말할 수 없을 만큼 끔찍한 일들을 저질러왔다."

"그럴 리가 없어요."

로니안은 완강히 고개를 흔들었다. 그들이 아무리 신과 같은 존재라 해도 그녀가 샤크에게 가진 신뢰를 깨뜨릴 수는 없었던 것이다.

순간 르티아가 인상을 살짝 찌푸렸다. 초월자들로 대변되는 미지의 음성의 주인은 바로 그였다. 그는 로니안이 마족들과 달리 쉽사리 설득에 넘어오지 않자, 차가운 눈빛으로 그녀를 쏘아봤다.

'좋게 말할 때 듣지 않으니 어쩔 수 없군.'

곧바로 두 번째 환상이 나타났다.

수많은 끔찍한 마물들이 로니안을 둘러싸고 있었다. 그것들에 의해 그녀는 무참하게 능욕을 당하고 있었다. 그러다 결국 마물들은 그녀의 몸을 갈가리 찢어 삼켜 버렸다.

"보았느냐? 그대가 끝까지 사악한 마왕과의 관계를 끊지 못한다면 그에 대한 어리석음의 대가를 받게 될 것이다."

로니안은 정말 두려웠다. 지금 본 환상은 이전에 이모탈 무타티오의 저주에 빠졌을 때보다 훨씬 끔찍했던 것이다. 그러나 그녀는 단호히 고개를 흔들었다.

"로드를 배신할 수 없어요."

상상도 하기 싫은 끔찍한 마물들에게 능욕을 당한다 해도, 전신이 갈가리 찢겨 죽는다 해도 샤크를 배신하지 않겠다. 로니안의 눈빛은 비장함으로 가득 차 있었다.

'독한 년!'

르티아의 눈빛이 표독스럽게 변했다.

'하지만 이번에는 너도 어쩔 수 없을 것이다.'

곧이어 세 번째 환상이 나타났다.

스스—

건장한 체격의 인상 좋은 중년 남성과 아름다운 미부인. 그들의 모습을 본 순간 로니안은 깜짝 놀랐다.

"앗! 아빠! 엄마······!"

그렇다. 그들은 다름 아닌 로니안의 부모인 롤란드 공작과 비니안이었다. 그런데 그때 그들의 주위를 끔찍하기 짝이 없는 마물들이 둘러싸고 있었다.

수 천, 수만의 마물들.

징그러운 촉수를 가진 그 마물들에 의해 롤란드와 비니안은 만신창이 상태로 변해 있었다.

"크윽!"

"아아악!"

수백 개의 가늘고 뾰족한 촉수들이 롤란드와 비니안의 몸으로 파고들었다. 그들은 비명조차 지르지 못한 채 그물에 걸린 물고기처럼 몸만 파르르 떨고 있었다.

쭉! 쭈욱!

움컥! 움컥!

그러자 촉수들이 게걸스럽게 피를 빨아들였고, 롤란드와 비니안의 몸은 그대로 쪼그라들어버렸다.

"아악! 안 돼! 이 사악한 마물들아! 어, 엄마! 아빠!"

그 사이 로니안이 절규하며 그들을 구하려 했지만 그녀의 어떤 능력도 그곳에 미치지 못했다.

당연하다. 그것은 환상이었으니까.

그러나 아무리 환상이라 해도 그것이 환야의 초월자들인 일루전들이 만들어 낸 것이다 보니 사실상 현실과 다름없이 느껴질 수밖에 없었다.

"아악!"

"꺄아악!"

계속해서 그녀의 오빠와 언니가 마물들에게 당하는 환상이 나타났고, 마지막에는 그녀가 가장 의지하고 따르는 할아버지 라우벤도 마물들의 먹잇감으로 전락하는 장면이 나타났다.

"앗, 할아버지!"

"크으윽! 로니안……."

라우벤은 로니안을 마지막으로 불렀다. 절망과 비탄이 가득한 그의 눈빛은 마물들에 의해 머리가 부서져 내리는 순간 사라졌지만, 로니안은 그 눈빛을 잊을 수가 없었다.

'아아! 마, 말도 안 돼!'

그녀는 그 환상을 부인하고 싶었다. 절대로 벌어져서는 안 되는 일이었다.

그녀가 아무리 부모님의 속을 썩였던 골칫덩이 문제아였다 해도, 부모님이 죽는 것을 두고 볼 만큼 막나가는 소녀는 아니다. 차라리 그녀가 죽을지언정 부모님은 살릴 것이다.

오빠와 언니도 마찬가지고, 할아버지 라우벤은 말할 필요조차 없었다.

라우벤은 마왕을 소환하는 철없는 짓을 저지른 손녀로

인해 마왕의 저주를 받아 몬스터로 변한 상태에서도, 그 어떤 원망조차 하지 않은 채 오직 손녀를 살리고자 했던 손녀바보였다.

지금도 마찬가지. 라우벤은 로니안을 위해서라면 목숨을 내놓는 것도 아끼지 않을 것이다.

그런 할아버지 라우벤이 마물들에게 처참히 죽는 장면을 보자, 로니안의 가슴은 슬픔으로 터져 버릴 것 같았다.

'이, 이건 꿈이야. 말도 안 되는 일이야.'


"그렇다. 그것은 꿈과 같은 환상일 뿐이다. 하나 그대가 우리의 뜻을 거부하면 그 환상은 현실이 될 것이다. 정녕 그대는 그러한 현실을 보고 싶은가?"


쿠웅!

그 음성을 듣는 순간 로니안의 안색은 하얗게 질려버렸다. 방금 전의 그 일이 현실로 벌어진다는 건 상상도 하고 싶지 않은 일이었다.

"안 돼요! 그것만은 제발! 절대 안 돼요!"

초월자인 그들이라면 충분히 가능하고도 남은 일. 로니안의 두 눈에서 굵은 눈물이 비 오듯 쏟아져 내렸다.

"결정하라. 저 무력한 마왕을 두둔해 너의 가족들이 모두 저주를 받아 죽기를 원하느냐? 아니면 정의의 검을 들고 사악한 마왕을 심판하겠느냐?"

정의의 검을 들고 사악한 마왕을 심판하라!

그것은 로드 샤크의 가슴에 검을 꽂는 것을 의미했다. 그녀의 손으로.

가족들을 살릴 길은 오직 그것뿐.

로니안은 벼락이라도 맞은 듯 몸을 덜덜 떨었다. 그녀는 눈물을 뿌리며 걸어가 샤크의 가슴에 검을 꽂았다.

푸확!

살짝 가져다댔을 뿐인데 검이 깊숙이 박혔다. 그 무엇도 파고들지 못할 것 같았던 그 단단했던 가슴이 너무 쉽게 뚫렸다.

'로드, 용서해 주세요……'

샤크는 신음조차 흘리지 않았다. 그는 로니안을 빤히 쳐다보고 있을 뿐이었다. 무심했던 그의 표정에 오히려 부드러운 미소가 떠올라 있었지만, 로니안은 그의 얼굴을 볼 수가 없어 고개를 돌렸다.

"흑?!"

그녀는 이내 오열하며 멀리 달려가 버렸다.

그런데 그 순간 라우벤 또한 끔찍한 환상에 시달리고 있었으니. 그로 인해 그는 손녀 로니안이 샤크에게 다가가 검을 찌르는 장면을 보지 못했다.

그가 보았던 첫 번째 환상은 그에게 엄청난 힘이 주어지는 것이었다.

라우벤이 웬만한 용자나 마왕을 가소롭게 볼만큼 강해졌다지만, 그렇다 해도 일루전의 초월자들이 볼 땐 어린아이만도 못한 수준일 뿐이다. 그런 그들이 라우벤으로 하여금 걷잡을 수 없을 만큼 강한 힘을 일시적으로 부여하는 것쯤은 쉬운 일이었다.

아주 미약하지만 차원력의 힘도 주어졌다. 라우벤의 몸이 세차게 떨렸다.

'이럴 수가! 이런 놀라운 힘이 존재하다니!'

정말로 신비롭고 가공했다. 미증유라는 말 외에는 표현할 길이 없었다. 그 누구보다 강하고자 하는 열망이 강한 라우벤인만큼 그러한 힘은 매우 큰 유혹이 될 수밖에 없었다.

**"인간 라우벤! 그대가 마왕 샤크의 가슴을 검으로 찌른다면**

그대가 섬기던 샤크보다 더 강한 힘을 얻게 될 것이다."

라우벤이 그토록 동경하던 로드 샤크!

그보다 강한 힘을 얻게 된다니. 그것은 그야말로 꿈만 같은 일이 아닐 수 없으리라.

"마왕 샤크는 오랫동안 그대를 속였다. 그는 환야에서 가장 사악한 마왕으로 반드시 없어져야 할 존재. 이제 그대가 그를 심판한 후 정의의 절대용자가 되어 환야를 지배하라."

마왕을 심판하고 절대용자가 돼라!

실로 가슴이 뛰는 말이었다.

이 말을 듣고 가슴이 떨리지 않는 이가 있다면 그는 마왕이거나 혹은 그와 흡사한 사악한 존재일 것이다.

당연히 라우벤 역시 심장의 박동이 빨라졌고, 전신에는 알 수 없는 전율이 일어났다.

그러나 그는 이내 침을 퉤 하고 뱉으며 말했다.

"너희들이 뭐하는 족속들인지는 모르지만 나는 로드를 배신하지 않는다. 또한 나는 로드께서 사악한 짓을 했다는 말을 믿지 않는다. 아니 설령 그것이 사실일지라도 내가 그분을 배신하는 일은 결코 없을 것이다. 이따위 힘은 필요 없으니 개소리들은 집어치우고 꺼져라."

그 순간 르티아의 안면이 일그러졌다.

'빌어먹을! 고집스럽기는.'

과연 그 손녀에 그 할아버지였다. 아니, 할아버지 라우벤의 저러한 기질이 손녀 로니안에게 영향을 미쳤을 것이다.

사실 웬만한 인간들은 이 첫 번째 유혹을 절대 거부하지 못한다. 인간이 아니라 용자들도 마찬가지다. 따져보면 르티아 역시 첫 번째 유혹에 무너진 것이었으니 말이다.

그런데 로니안에 이어 라우벤도 첫 번째 유혹을 코웃음 치며 날려 버리는 것을 보자, 르티아는 기분이 별로 유쾌하지 못했다. 용자인 그가 보통의 인간들보다도 못하다는 기분이 문득 들었던 것이다.

그러나 그는 이내 그따위 생각은 지워 버리고 두 번째 환상 속으로 라우벤을 몰아넣었다.

로니안과 마찬가지로 라우벤 역시 처참하게 죽는 환상을 맛보았다. 그는 마족이나 마물이 아닌 수많은 마왕들에게 둘러싸여 온갖 끔찍한 고문을 당하다 전신이 수백 토막으로 잘리며 잔인하게 살해당했다.

"그대가 끝까지 사악한 마왕과의 의리를 지키겠다면 그대 또한 저와 같은 징계를 피할 수 없다. 정녕 죽고 싶은가?"

그러자 라우벤은 볼 것도 없다는 듯 코웃음을 치며 대답했다.

"죽여라."

그에게 있어 저런 식의 협박은 조금도 두렵지 않았다. 아니 저보다 더 끔찍하게 죽는다 해도 그가 샤크를 배신할 일은 없을 것이다.

르티아의 안면이 일그러졌다.

'독한 것들 같으니!'

그는 기분이 몹시 좋지 않았다. 이미 만신창이의 무력한 상태가 된 샤크와의 의리를 지키기 위해 스스로의 목숨까지 포기하는 정신 나간 인간들이 존재하다니!

그에 대해 어이가 없으면서도 한편으로 감탄스럽기도 했다. 그러나 한낱 마왕 따위에게 저런 진심을 바치는 그들이 한심스럽게 여겨질 뿐.

'그러나 네놈 또한 이번에는 어쩔 수 없을 것이다.'

그는 의미심장한 미소를 지으며 라우벤을 세 번째 환상 속으로 몰아넣었다.

## Chapter 6

단 한 명도 없는가?

"아, 아빠……."

붉은 머리의 여인은 겁에 질려 있었다. 흉물스러운 마물들에 의해 그녀의 옷은 갈기갈기 찢겨 있었고, 전신은 피투성이였다.

라우벤은 몸을 부르르 떨었다. 저 여인이 누구인가. 지금은 중년의 미부인이 되었지만 여전히 그에게는 어린 소녀처럼 느껴지는 그녀는 바로 그의 딸 비니안이었다.

"비니안!"

라우벤은 즉시 가서 딸을 구해 주려 했지만 그의 몸은 꿈쩍도 하지 않았다. 그리고 딸 비니안이 마물들에게 처참하게 유린당하며 죽는 장면을 지켜봐야 했다.

"으득! 끄드드득! 끄으윽! 흐흐흐흑!"

얼마나 이를 갈았는지 그의 이가 부러져 나갔다. 그의 두 눈에서 피눈물이 흘러내렸다.

아내가 죽은 후 딸 비니안은 그의 전부였다. 그야말로 애지중지하게 키운 딸이었다. 그러다 보니 너무 오냐오냐 키워 비니안의 버릇이 나빠지긴 했지만, 그래도 그에게 있어 비니안은 그의 목숨보다 귀한 존재였다.

그런데 그런 딸 비니안이 죽었다.

훌륭한 청년 롤란드와 결혼을 한 후 지금은 공작부인이 되어 행복하게 살고 있을 비니안이!

그의 눈앞에서 마물들에게 처참하게 죽은 것이다.

그는 물론 지금 본 광경이 저 알 수 없는 신적인 존재들이 만들어 낸 환상이라는 사실을 직감하고 있었지만, 그렇다 해도 그에게는 죽고 싶을 만큼 끔찍한 현실이었다.

그러나 그것이 다가 아니었으니!

계속해서 그의 심장을 터져 버리게 만들어지는 환상이 이어졌다.

"아악! 할아버지……!"

라우벤은 두 눈을 부릅떴다.

"크아아아! 안 된다! 이놈들아!"

비니안이 출가한 후 20년이 지난 어느 날. 그야말로 그녀와 똑같은 성격을 가진 말괄량이 소녀를 라우벤에게 던져 놓고 갔다.

다름 아닌 손녀 로니안이었다.

그때부터 로니안은 라우벤의 전부가 되었다. 그는 딸 바보에서 손녀 바보가 되었고, 로니안을 위해서라면 무엇이든지 다해 주었다.

그러던 중 로니안이 마왕 매릭을 소환하는 철없는 짓을 저지르다 이모탈 무타티오라는 끔찍한 저주를 받게 되고, 그때부터는 그야말로 파란만장한 환야에서의 모험을 하게 되었다.

그런 만큼 이제 라우벤이 손녀 로니안을 생각하는 마음은 딸 비니안을 생각하는 것보다 오히려 크다 할 수 있었다.

그런 로니안을 저 알 수 없는 존재들이 죽이려 하고 있으니 그로서는 미쳐버릴 지경이었다. 그는 당장 달려가고 싶었지만, 여전히 그의 몸은 알 수 없는 힘에 의해 옴짝달싹도 할 수가 없었다.

"크아아아아! 제발! 그만 두지 못하느냐?"

그러나 그의 절규는 그저 공허한 메아리가 되어 그의 귀로만 다시 돌아올 뿐이었다. 로니안은 그 사이 마물들에게 갈가리 찢겨 그것들의 탐욕스러운 입속으로 사라져 버렸다.

"로니안······!"

라우벤은 심적인 충격을 견디지 못하고 쓰러졌다. 그러나 그렇게 혼절한 그의 의식은 알 수 없는 힘에 의해 즉시 돌아왔다. 그리고 마물들이 입을 쩝쩝거리며 게걸스럽게 먹어대는 장면이 다시 그의 눈앞에 펼쳐졌다.

그는 강제로 봐야 했다. 손녀 로니안이 마물들의 뱃속에서 소화되는 장면을.

꿈이라면 제발 깨어다오!

"크으으윽!"

라우벤의 두 눈에서 흐르는 피눈물이 그의 몸을 붉게 적셨다. 그때 그의 귀에 들리는 음성이 있었으니.

"보았는가? 그대의 헛된 집착과 고집이 그대의 딸과 손녀에게 끔찍한 재앙을 불러올 것이다. 그대의 선택에 따라 방금 전의 그 환상이 그저 환상으로 그칠 수도 있고 현실이 될 수도 있다."

"선택하라, 인간 라우벤이여! 그대는 저 사악한 마왕을 해치운 영웅이 되겠느냐, 아니면 끝까지 저 무력한 마왕과의 의리를 지키다 그대가 가장 사랑하는 이들에게 끔찍한 재앙을 안겨주는 패악한 존재가 되겠느냐?"

"크흐흐흑!"

라우벤은 절규했다. 여기서 그가 계속 버티면 방금 보았던 그 끔찍한 상황들은 현실이 될 것이다. 그의 딸 비니안과 손녀 로니안에게 상상할 수 없는 무서운 일이 벌어지게 될 것이다.

만일 그런 재앙이 그에게만 벌어지는 것이라면, 그는 고민조차 하지 않았을 것이다. 그의 목숨이 끊어지고 전신이 산산조각 난다 해도 로드 샤크를 배신한다는 건 있을 수 없는 일이기 때문이다.

그러나 딸과 손녀에게 미칠 재앙을 환상으로 목격한 순간 그로서는 선택의 여지가 없었다.

"크흑! 로드……."

그는 비틀거리며 샤크를 향해 걸어갔다. 마치 그의 의지와는 상관없이 그의 몸이 움직이고 있는 것 같았다. 급기야 그의 검이 샤크의 가슴을 찔렀다.

푸확!

샤크의 가슴에서 피분수가 솟구쳤다. 라우벤의 두 눈에

서는 계속 피눈물이 흘러내렸다.

'로드! 용서해달라는 말씀은 드리지 않겠습니다.'

라우벤은 어차피 살고 싶은 생각은 없었다. 로드를 배신하고 무슨 염치로 살아가겠는가. 그가 원하는 건 그저 그의 딸 비니안과 손녀 로니안이 무사하기만 바랄 뿐, 그것만 확인하면 그 스스로 목숨을 끊을 생각이었던 것이다.

그런데 그때 라우벤은 잠시 환상처럼 샤크의 입가에 부드러운 미소가 맺혀 있는 것을 보았다. 다 이해하고 있으니 염려 말라는 듯.

사실 그것은 샤크의 진심이었다. 딸과 손녀를 살리기 위해 라우벤으로서는 어쩔 수 없는 선택이었음을 그는 잘 알고 있었기 때문이다.

로니안 또한 그런 이유로 샤크를 배신했기에 오히려 기특하다 생각하고 있었다. 그녀 자신의 죽음 앞에서는 눈 하나 깜빡하지 않던 로니안이었으니까.

따라서 샤크는 그들을 탓하고 싶지 않았다.

탓을 하려면 인간들이 가진 마음의 허점을 무자비하게 파고들어 저와 같은 선택을 할 수밖에 없게 만든 이들에게 해야 한다.

수단과 방법을 가리지 않고 샤크를 배신하게 만드는 저

악마 같은 이들이 어찌 초월자라 할 수 있으리오.

아니, 대체 초월자들이라 자칭하는 그들이 왜 이따위 파렴치한 짓을 벌인단 말인가?

샤크는 그 이유를 아주 잘 알고 있었다.

일루전들은 자신들이 가진 추악함을 인정하기 싫었던 것이다. 그래서 그들의 불의한 모습을 지적한 샤크를 철저히 파멸시키려 하는 것이었다.

그래서 결국 라우벤도 배신하고 말았다.

샤크가 가장 믿었던 단 한 명이었는데.

물론 샤크는 그의 배신을 충분히 이해했다.

그러나 한편으로 쓸쓸한 마음이 드는 것은 어쩔 수 없었다. 이유야 어찌 됐든 단 한 명도 그와의 의리를 지키지 못했으니까.

최후로 믿었던 라우벤이 배신했으니 다른 이들은 오죽하겠는가.

이후로 소년 피터도 비틀거리며 다가와 샤크의 가슴을 찔렀다. 피터 역시 두 번째 환상까지는 버텨냈지만, 세 번째 환상에서 로니안이 마물들에게 당하는 장면을 보고는 맥없이 무릎을 꿇고 말았다.

피터는 그만큼 로니안을 좋아하고 있었다. 그가 가장 소중히 여기는 존재가 바로 로니안이었다. 그런 그녀가 끔찍한 재앙을 당할 위기에 처하자 부득불 눈물을 뿌리며 그의 스승을 배신할 수밖에 없었던 것이다.

이어서 클라우드 대륙에서 샤크와 인연이 있었던 다른 인간들도 모두 샤크를 배신했다.

비니안과 그의 남편 롤란드 공작, 오마다 영지의 에마와 찰스, 롤란드와 더불어 먼터 왕국의 공신 중 하나인 토니 공작, 뿐만 아니라 샤크에 의해 국왕이 된 니콜라스조차도 모두 샤크를 배신했다.

거기에는 용자 플로라도 예외가 될 수 없었다. 그녀 또한 세 번째 환상에서 무너졌다.

그렇게 각각의 명분은 충분히 공감이 갔다.

혹은 사랑하는 애인이나 가족을 지키기 위해서, 혹은 영지를 지킨다는 이유로, 혹은 국가나 대륙을 지킨다는 이유에서였다.

샤크는 그들을 탓하고 싶지 않았다.

그러다 문득 전생에서의 일이 떠올랐다.

일평생을 협의에 바쳤는데, 결국 모두가 그를 배신하고 죽이려 했던 그때의 일이.

당시 무림에서 고수라 할 수 있던 이들은 다 모였다.

광협 백룡을 죽이기 위해서.

샤크는 씁쓸히 웃었다.

'하긴 그때 그들 역시 저런 식으로 협박을 받았을 지도 모르겠군.'

솔직히 왜 그 자리에 나왔는지 이해할 수 없는 이들이 적지 않았었다. 그중에는 당시 백룡과 의기투합하여 협행에 일생을 바치던 이들도 있었기 때문이다.

의형제나 의자매처럼 여기고 동거 동락했던 이들이 왜 자신을 배신했는지, 백룡은 죽는 순간까지 이해할 수 없었던 것이다.

소마왕으로 환생한 후 다시 떠올려 봐도 마찬가지였다.

그래서 모든 것이 허무하게만 느껴졌고, 두 번 다시 협행 따위에 집착하지는 않겠다고 다짐했다. 결국은 다시 협행에 집착하다 이 꼴이 되었지만.

어쨌든 오늘 샤크는 비로소 그 이유를 짐작할 수 있었다.

그들은 협박을 받은 것이다.

백룡을 죽이는데 동참하지 않으면 그들의 가족이나 사문에 끔찍한 일이 벌어지리라는 협박을!

'위지상 그놈의 짓이었겠지.'

마교주(魔敎主) 위지상이었든, 사황(邪皇) 이수룡이었든,

그 누가 주축이 되었는지는 모르지만 자신들의 일에 동참하지 않으면 가만두지 않겠다고 협박을 가했을 것이다.

물론 협박 때문이 아니라 어떤 이득에 의해 스스로 백룡을 배신하기로 마음먹었을 수도 있다.

사람의 마음을 그 누가 알 수 있겠는가.

진실은 모른다.

그래도 샤크는 지금 일루전들에 의해 벌어진 음모와 배신의 전말을 보면서, 전생의 절친했던 이들의 이해할 수 없었던 배신을 조금이나마 이해해 보려 하고 있었다.

당시 그들이 그럴 수밖에 없었다고 말이다.

그러나.

그러나 말이다.

그들은 꼭 알아야 할 것이다.

그들이 각자가 가진 소중한 것을 지키기 위한 명분이 있었다 할지라도, 그 사정이 그 누가 봐도 충분히 이해가 갈 만큼 절실한 것이었을 지라도, 그들이 배신을 한 것만은 틀림없는 사실이라는 것을.

그들은 백룡을 배신한 것이 아니라 협의를 배신한 것이다. 백룡의 죽음은 협의의 죽음이었다. 무림의 협의가 무너져 내린 것이다.

지금도 마찬가지다.

모두가 절박한 사정에 의해 샤크를 배신했지만, 그것은 곧 협의를 배신한 것이다. 저 사악한 일루전들의 음모에 동참한 것이다.

무림에서 협의가 무너져 내리듯 환야에서도 협의가 무너져 내렸다.

'빌어먹을!'

어째서 이렇게 전생과 똑같이 돌아간다는 말인가? 그의 모습이 무림의 협사에서 마왕으로 바뀌었을 뿐 상황은 크게 다르지 않았다.

그가 키우고 가르치고 도움을 주었던 이들이 그를 배신한 것도 비슷했다.

푹! 푸확!

그렇게 샤크가 허탈한 표정으로 상념에 빠져 있는 사이에도 그의 가슴을 향해 차디찬 검날은 계속 파고들었다.

마물 크라케를 비롯해 샤크가 소마왕 시절 부하로 거둔 마족과 마물들이 하나씩 걸어와 샤크의 가슴을 찔렀던 것이다. 카치카들도 마찬가지였다.

푹푹! 푸푸푹—

애초부터 별다른 정을 주지 않았기에 그들의 배신은 그

저 당연하게 느껴졌다.

심지어 어디로 달아났는지 알 수 없었던 마왕 매릭과 오르덴의 도시 트라구다에 숨어 있던 마족 루델까지 데려왔다.

물론 매릭은 주저 없이 샤크의 가슴을 찔렀다.

루델은 약간 주저하는 듯했지만, 그녀의 고민은 오래가지 않았다. 만신창이의 무력한 상태의 샤크를 위해 의리를 지킬 만큼 그녀의 충성심이 대단한 것은 아니었으니까.

이전에 그녀는 마왕 샤크가 가진 압도적인 강함과 그 특유의 매력에 반했다. 그러나 힘을 잃은 마왕에게는 그 어떤 매력도 존재하지 않았다. 보기 싫은 고깃덩이에 불과할 뿐,

푹!

루델도 샤크의 가슴에 깊이 가슴을 찔러 넣고 돌아갔다.

샤크는 내심 기막혔다.

꼭 저들까지 불러와야 했을까?

일루전들은 라우벤 등의 배신 정도로도 족하지 않은 모양이었다. 그야말로 샤크가 연(緣)을 맺은 모든 이들이 다 그를 배신하게 만들고 싶은 듯했다.

그래야 샤크가 스스로의 생을 후회하며 비참함에 몸부림칠 것이라 생각한 것이다.

'큭! 너희들이 그런 걸 원하는 거라면 어느 정도는 성과

를 달성한 것 같군.'

샤크는 후회감이나 비참함 따위는 가지지 않았다. 그러나 환야라는 세상에 정이 뚝 떨어진 것은 사실이었다. 더 이상 이따위 세상에 살고 싶은 생각이 사라진 것이다.

더 이상 협의에 집착해서 무엇 하겠는가. 쥘 수 없는 바람 같은 것을.

'어차피 그만 갈 때가 되었다 생각했지.'

생각해 보면 살 만큼 살았다. 마왕으로 친다면 짧은 시간이지만 인간으로 친다면 꽤 긴 세월이었다.

'그러나 나 혼자 가지는 않겠다.'

전생에서는 스스로 저항을 포기했지만 지금 생각해 보니 그것은 바보 같은 짓이었다.

당시 그가 전력을 다했다면 천마합벽연환진을 펼친 무림의 고수들과 동귀어진을 하는 것도 어렵지 않았다. 그럼에도 불구하고 스스로 저항을 포기한 것은 모든 것이 너무 허무했기 때문이었다.

그들을 죽여 봤자 무림이 별로 달라질 것이 없을 것 같다는 생각. 일시적으로 평화는 오겠지만 시간이 흐르면 또다시 같은 상황이 되풀이될 것 같다는 생각에 저항을 포기한 것이다.

그러나 지금은 그럴 생각이 없었다.

협의라는 명분을 떠나서라도.

저 일루전들을 멀쩡히 살려두고 혼자서 환야를 떠날 생각은 없었다.

그렇다. 샤크가 지금껏 저항하지 않고 일방적으로 당했던 이유는 그가 힘이 없어서가 아니었다.

사실 그의 본신이 가진 능력은, 처음 그의 분신을 무력화시켰던 세 일루전들을 가볍게 해치우고도 남았으니까.

그러나 그가 저항을 하지 않고 있었던 이유는 환야의 초월자들이라 자칭하는 일루전들이 차원력을 운용하는 방식을 면밀히 파악하기 위함이었다.

동시에 자신의 실력을 섣불리 드러내지 않으려는 이유도 있었다. 샤크는 그들 셋 말고도 다수의 일루전들이 존재한다는 사실을 알고 있었기 때문이다.

과연 예상대로 르티아와 함께 수많은 일루전들이 나타났다.

그들의 숫자는 무려 수 백!

샤크는 직감적으로 환야에 존재하는 모든 일루전의 초월자들이 다 모여들었음을 알 수 있었다.

그것은 그 또한 초월자로서 느낄 수 있는 일종의 초감각의 직감이기에 틀림이 없을 것이다.

'너희들이 나를 죽이려면 차라리 일찍 죽여야 했다. 이제 너희의 추악함을 감추고자 쓸데없이 시간을 끌었던 대가를 치르게 해 주마.'

일루전들은 각자가 가진 차원력을 통해 일종의 올가미를 만들어 샤크를 묶어 버렸다. 그중 극히 일부만 가세해도 샤크의 본신을 무력화시킬 수 있다. 그런데도 그들 모두가 차원력의 올가미를 던진 이유는 그만큼 샤크에게 큰 절망감을 주기 위함이었다.

그것으로 그들은 샤크를 완벽하게 제압했다 생각하며 만족하고 있겠지만, 그로 인해 샤크의 몸은 그들 모두와 차원력을 통해 연결되어 있는 상태나 마찬가지였다.

그 사이 샤크가 자신을 속박한 올가미들을 통해 각각의 일루전들이 가지고 있는 차원력의 흐름을 모조리 파악해 버렸다는 사실을 어찌 짐작이나 할 수 있으랴.

믿기지 않는 일이지만 그것은 사실이었다.

지금껏 샤크가 어떻게 강해져왔던가.

그는 위기 상황에 처할수록 강해지는 존재다. 특히 생명에 위협을 느낄 만큼 극한 상황일수록 그가 가진 특유의 전투 감각은 더욱 강렬히 발동된다.

하물며 환야에 존재하는 모든 일루전의 초월자들이 그를 향해 일제히 차원력의 올가미를 던진 상황이니, 그가 가진 생존 본능과 천재적인 전투 감각은 가히 극한까지 발휘되었던 것이다.

그것은 스스로의 생명을 건 일종의 도박이자 모험이었다. 만일 그 사이 일루전들이 샤크를 작정하고 죽이려 했다면 그는 무력하게 환야의 먼지로 변해 흩어져 버렸을 테니까.

그러나 이제는 다르다. 샤크는 각각의 일루전들이 던진 차원력의 올가미가 가지는 흐름을 통제하는 수준까지 이르렀다.

즉, 이제 샤크가 허락하지 않는 한 그들은 샤크를 죽일 수 없으며, 또한 각각이 던져 놓은 차원력의 올가미를 회수할 수도 없었다.

다시 말해 상황이 완전히 역전된 상태였다.

아까는 일루전들이 올가미를 던져 샤크를 제압한 상태라면, 지금은 샤크가 수백 개의 올가미를 던져 일루전들을 모조리 잡아 놓은 상태인 것이다.

이제 일루전들의 운명은 샤크에게 달려 있었다. 환야에서 가장 강대한 힘이라 여겨지는 차원력의 올가미는 그것을 펼친 일루전들이라 해도 끊을 수 없었다.

그런데도 일루전들은 아직 사태의 심각성을 깨닫지 못했다. 그것은 샤크의 경지가 이미 그들 개개인들로서는 상상도 할 수 없는 높은 경지에 이른 만큼, 그 모든 과정은 그의 마음속에서 이루어졌고 외부로 발출되지 않았기 때문이다.

그러나 샤크가 아무리 대단한 경지에 이르렀다 해도 수백의 일루전들이 가진 모든 힘을 능가할 수는 없었다. 현재 그의 몸을 둘러싼 수백여 개의 흐름이 균형을 이루도록 통제하고 있을 뿐이다.

그런데 그중 단 하나의 흐름이라도 균형을 이탈하는 순간 무서운 일이 벌어지게 된다. 수백여 차원력이 뭉쳐진 힘이 그의 몸을 강타하게 될 테니까.

그때는 결국 샤크의 몸은 흔적도 없이 소멸되어 버릴 것이다.

물론 그것이야말로 샤크가 진정 원하는 것이었다. 그 전에 그와 연결되어 있는 모든 일루전들에게 먼저 그와 같은 충격이 연쇄적으로 엄습할 것이기 때문이다.

'일루전들을 모두 죽이고 나도 죽는다.'

그렇게 잠시 후면 환야의 초월자들이 하나씩 먼지로 변해 가는 초유의 재앙이 벌어지게 되겠지만, 일루전들은 여전히 득의만만한 태도로 샤크를 노려보고 있었다.

샤크의 몸은 형체를 알아보기 힘들 만큼 뭉개져 있었고, 간신히 숨만 붙어 있었기에 그들은 샤크가 그와 같은 섬뜩한 반격을 준비하고 있을 것이라고는 상상조차 하지 못했다.

'르티아, 이제 너만 남았다.'

초월자들 중 아직 샤크를 향해 차원력의 올가미를 던지지 않은 유일한 존재가 바로 르티아였다. 샤크는 틀림없이 르티아도 이제 그를 향해 올가미를 던질 것이라 생각하며 기다리고 있었다.

물론 르티아는 초월자라고 말하기에는 아직 부족한 감이 많다. 그 스스로 각성한 것이 아니라 일루전들에 의해 각성이 이루어진 것이니, 차원력의 올가미를 던지는 것도 매우 벅찬 일일 것이다.

그러나 샤크는 르티아가 무리해서라도 반드시 자신을 향해 차원력의 올가미를 던질 것이라 확신했다. 그로서는 샤크에게 최후의 절망감을 느끼게 하려면 그것이 최선이라 생각할 것이기 때문이다.

'뭘 망설이느냐, 르티아. 이제 더 이상 나를 배신할 만한 존재도 없지 않으냐?'

배신할 만한 이는 모두 다 배신했다. 환야에서 샤크가 머리카락 한 올 만큼이라도 정을 주었던 이들은 모두 샤크를 배신했으니 말이다.

샤크를 전혀 모르는 이를 데려다 배신시킬 수도 없는 일. 그런데도 르티아는 뭔가 또 꿍꿍이가 있는지 생각에 잠겨 있었다.

'르티아! 네가 무슨 짓을 하든 내가 절망에 빠질 일은 없다.'

샤크는 서두르지 않았다. 기회는 한 번 뿐이다.

일루전들은 결코 만만한 존재가 아니다. 장구한 세월 동안 환야의 초월자들로 군림한 이들이 아닌가.

샤크가 일루전들을 모두 죽이기 위해서는 오직 불의의 일격을 통해서만 가능한데, 그 전에 일루전들이 저항하게 되면 상당수가 샤크의 통제를 벗어나게 될 것이다.

따라서 샤크는 일루전들이 경각심을 느낄 만한 그 어떤 낌새도 보이지 않았다. 그러다 보니 일루전들이 보기에 그는 초월자로서의 모든 능력을 상실한 마왕이며, 하찮은 마족이나 마물 하나도 감당할 수 없는 무력한 고깃덩이에 불과할 뿐이었다.

샤크는 묵묵히 기다렸다.

'다른 누구보다 네놈은 반드시 죽어야 한다, 르티아.'

그가 이대로 환야에서 죽고 수백 번을 다시 태어난다 해도 절대 용서할 수 없는 이가 바로 르티아였다.

'어서 던져라. 어서!'

르티아가 올가미를 던지는 순간 죽음의 축제가 시작될 것이다. 자신들이 마치 신이라도 된 듯 위세를 떨던 환야의 초월자 일루전들의 몸이 하나씩 터져 나가기 시작할 것이다.

그 끔찍한 재앙은 샤크에게 올가미를 던진 순서대로 시작된다. 따라서 르티아의 차례는 모든 일루전들이 다 죽고 난 이후에 도래하게 된다.

물론 샤크가 의도한 바였다.

매도 빨리 맞는 게 낫다는 말이 괜히 나온 말이 아니다. 어차피 이런 식의 최후를 당할 것이라면 가장 먼저 당하는 것이 차라리 나은 것이다.

그토록 믿었던 환야의 초월자들이 하나씩 절규하며 소멸되는 모습을 보며 르티아는 어떤 생각을 하게 될까? 공포심은 갈수록 증폭될 것이고 그는 미쳐버릴 지도 모른다.

그러나 그가 미치건 미치지 않건 죽음의 재앙은 피할 수 없으리라. 그리고 그렇게 르티아의 몸이 처참히 부서지는 것을 끝으로, 샤크 역시 더 이상 환야에 존재하지 않게 될 것이다.

스스—

바로 그때 르티아의 앞에 누군가 나타났다.

그러고 보니 딱 한 명이 남아 있었던 것이다.

한 때 르티아의 제 일 가디언이었다가 지금은 그를 떠나 홀로 절대용자의 길을 가고자 하는 존재.

샤크가 소마왕으로 막 태어나 마물들에 의해 허무하게 죽임을 당할 위기에 처했을 때 그를 구해 줬던 미모의 로아탄.

다름 아닌 카렌이었다. 르티아가 의미심장한 미소를 지으며 말했다.

"사악한 마왕 놈! 이제 마지막으로 카렌이 너의 가슴에 검을 꽂을 것이다."

"……."

샤크는 잠시 복잡한 눈빛으로 카렌을 쳐다봤다.

카렌은 그에게 있어 생명의 은인이었던 만큼 매우 의미 있는 존재였다.

그러나 그녀는 르티아에 대한 절대적인 충성심을 가지고 있지 않은가. 샤크가 알기에 그녀의 르티아에 대한 마음은 라우벤이 샤크에게 가졌던 것 이상이었다.

따라서 안 봐도 어떤 일이 벌어질지 뻔했다.

그 믿음직스럽던 라우벤도 샤크를 배신했는데, 카렌이 무슨 의리가 있어 샤크를 배신하지 않을까?

잠시 후 카렌이 다가와 자신의 가슴을 찌를 것이라 확신
한 샤크는 그런 그녀의 모습을 보고 싶지 않아 눈을 감아버
렸다.

**Chapter 7**

가디언의 선택

"어서 와라, 카렌!"

르티아가 환한 미소를 지으며 반기는 모습에 카렌은 일순 어리둥절했다.

그녀는 일단 르티아가 살아 있다는 것이 반가우면서도 동시에 마왕 샤크가 자신의 부탁을 듣고 르티아를 살려주었다는 사실이 고맙기도 했다. 그가 르티아를 살려주겠다는 약속을 지키지 않았다고 해도, 그녀로서는 그를 나무랄 수 없었을 테니까.

그런데 그보다 더욱 놀라운 일은 지금 그녀 앞에서 미소 짓고 있는 르티아의 눈빛이 이전에 그녀의 가슴을 두근거리게 만들었던 그때처럼 맑아보였던 것이다.

'설마?'

카렌은 가슴이 설레었다. 정말로 르티아가 예전의 그로 돌아온 것일까?

얼마 전 그녀는 샤크에게 간절히 한 가지 부탁을 했다. 르티아의 모든 것을 빼앗을 지라도 생명만은 살려주라고 말이다. 그러면 그녀가 르티아를 어떻게 하든 예전의 멋진 용자로 돌려놓겠다고 말하기도 했다.

그런데 지금의 르티아를 보니 왠지 자신이 굳이 나서지 않아도 될 것 같았다. 맑고 강인한 눈빛, 여유와 자신감이 넘치는 미소까지. 게다가 전신에서 느껴지는 미증유의 기운까지.

그것은 마치 오래전 카렌이 처음 르티아를 만나 그의 가디언이 되고자 맹약할 때와 비슷한 모습이었다.

정말로 르티아가 원래의 그로 돌아온 것일까?

그렇다면 카렌은 그가 그녀를 죽이려 했던 일도 얼마든지 용서할 수 있었다. 그녀는 두근거리는 가슴을 진정시키며 물었다.

"르티아 님, 어찌 된 일이죠?"

그러자 르티아는 다시 부드러운 미소를 지으며 말했다.

"네가 예상하는 대로다. 이제 환야에는 더 이상 사악한 마왕들이 날뛰지 못할 것이다. 나 절대 용자 르티아가 있는 한."

"아."

카렌의 안색이 환해졌다. 확실히 그녀가 그토록 기대했던 르티아의 모습임이 분명했다. 그녀는 눈물을 글썽이며 말했다.

"기쁘군요. 저는 언젠가 당신이 오랜 방황을 끝내고 돌아올 것이라 믿었습니다."

르티아는 고개를 끄덕였다.

"나는 사실 절대용자로서의 사명을 한 번도 잊어본 적 없다. 사악한 마왕들을 속이기 위해 잠시 타락한 용자인 척했을 뿐."

그는 카렌을 향해 다가오며 말을 이었다.

"따라서 널 죽이라 명령했던 것도 어디까지나 나의 진심이 아니었다. 나는 여전히 네가 나의 제 일 가디언이라 생각하고 있다, 카렌."

카렌의 몸이 살짝 떨렸다. 르티아는 그녀의 흔들리는 한쪽 어깨에 손을 올리며 부드럽게 말했다.

"어떠냐 카렌! 나와 함께 다시 이전처럼 사악한 마왕들을 무찌르며 환야를 누벼보지 않겠느냐?"

"……."

카렌의 두 눈이 커졌다. 잠시 멍한 표정을 지었던 그녀의 입가에는 이내 환한 미소가 걸렸다. 그녀는 르티아의 말에 진심으로 기뻐하는 기색이었다. 그 모습을 보며 르티아는 속으로 의미심장하게 웃었다.

'후후, 어리석은 카렌. 넌 예나 지금이나 똑같구나.'

르티아가 용자로서 정의로운 길을 가기만을 한결같이 바라던 가디언. 한때는 그런 그녀가 그의 큰 힘이 되고 의지가 되었지만 언제부턴가는 부담스럽게 느껴졌다.

르티아가 원하는 가디언은 카렌과 같이 고지식한 이가 아니라, 그가 무슨 일을 하든 무조건 그에게 충성을 하는 이었다.

즉, 그가 필요에 따라 다소 변칙적인 일을 할지라도 무조건적인 충성을 하는 가디언이 필요했는데, 카렌은 그렇지 못했다.

그가 카렌을 멀리한 것은 바로 그 이유였다.

그러던 중 카렌이 이데스 대륙의 성녀 헬레나와 함께 그의 의지를 거스르는 일이 발생했다. 그가 만일을 위해 잡아두었던 라우벤과 로니안을 풀어 준 것이다.

그때 그는 극도로 분노하여 성녀 헬레나와 카렌에 대한 추살령을 내렸다. 성녀가 죽고 카렌은 도주했는데, 그 이후 그는 카렌을 반드시 죽이겠다고 벼르고 있는 상태였다.

지금도 그 마음은 변하지 않았지만, 죽이기 전에 그녀로 하여금 샤크를 배신하게 하기 위해 잠시 살려 둔 것이다.

따라서 그는 카렌을 속이고 있었다. 이토록 그녀를 속이기 쉬운 이유는 그녀가 무엇을 좋아하는지 그가 아주 잘 알고 있기 때문이었다.

고지식한 카렌에게는 그 어떤 협박도 통하지 않는다. 또한 유혹도 통하지 않는다. 즉, 라우벤 등에게 했던 식은 통하지 않는다는 뜻이다.

카렌은 정의로운 용자의 가디언이 되어 환야의 평화를 실현하겠다는 환상을 갖고 있다.

'후후, 카렌! 너는 그저 용자에 대한 환상을 가지고 있을 뿐 나에게 진정한 충성을 바친 것이 아니다. 네가 진정 나에게 충성심을 가졌다면 내가 무슨 일을 하든 내 뜻대로 따라야 했다.'

르티아는 카렌을 속으로 비웃었다.

'그리고 보니 너는 마치 저 협의가 어쩌고 하며 헛소리를 지껄이는 마왕 놈과 비슷한 면이 있구나. 하긴 그래서

저놈과 함께 있었겠지.'

르티아는 카렌이 샤크와 어떤 식으로든 관계가 있다는 사실을 알고 있었다.

'그것 때문이라도 너는 반드시 죽어야 한다. 감히 용자의 가디언이 사악한 마왕과 어울렸다는 것은 그 어떤 이유로도 용서받지 못해.'

그렇게 카렌을 향한 르티아의 속내는 섬뜩하기 이를 데 없었지만, 그의 표정에서 그런 기색은 전혀 찾아볼 수 없었다.

놀랍게도 카렌을 바라보는 그의 눈빛은 투명할 정도로 맑았고 입가에는 여전히 따스한 미소가 맺혀 있었다. 누가 봐도 그가 진심으로 카렌을 반기고 있다고 할 수 있을 정도였다.

따라서 카렌은 르티아가 속으로는 그녀를 향해 차가운 비수를 숨기고 있다는 사실을 짐작하지 못했다. 오히려 그녀는 르티아의 달라진 모습에 흐뭇해하고 있었다.

'르티아 님이 예전의 모습을 되찾다니 정말 다행이군.'

그런데 그 마음과 달리 그녀는 다시 자신의 제 일 가디언이 되어 달라는 르티아의 요청을 받아들일 생각은 없었다.

르티아가 본래 자리로 돌아온 모습을 본 것으로 족하다. 그녀는 이제 샤크와 약속한 대로 환야의 절대용자가 되기 위해 노력할 생각이었다.

'나는 아직 용자가 되기에는 모든 면에서 부족하지만, 노력하면 언젠가 훌륭한 용자가 될 수 있을 거야. 샤크가 그 모습을 보면 무척 기뻐하겠지.'

그녀가 르티아의 음흉한 내심을 짐작하지 못하듯이, 르티아 또한 카렌의 은밀한 내심까지는 알지 못했다.

르티아는 짐작도 못하리라. 오직 그에게만 바쳐졌던 카렌의 마음이 그를 완전히 떠났다는 사실을.

즉, 카렌이 지금 기뻐하는 표정을 짓는 것은 어디까지나 르티아가 바른 용자의 모습으로 돌아왔다는 것에 안도하는 것 때문이지, 이전처럼 그를 향한 충성심이 존재하기 때문이 아닌 것이다.

르티아가 어찌 알겠는가.

카렌의 마음은 오직 샤크에게 향해 있음을.

본래 그녀는 샤크의 가디언이 되고 싶었지만, 그가 그녀로 하여금 절대용자가 되라 말했기에 그의 뜻을 따르고자 하는 것이었다.

따라서 그녀는 르티아의 요청을 정중히 거절하기로 했다. 그가 정말로 용자로서의 모습을 되찾았다면 충분히 이해해 줄 것이라 생각하니 마음도 편했다.

그런데 그녀가 그 말을 꺼내기도 전에 르티아가 돌연 한 걸음 뒤로 물러나더니 표정을 굳히며 말했다.

"단, 너를 나의 제 일 가디언으로 받아들이는 데는 한 가지 조건이 있다."

"조건이라고요?"

"그렇다."

카렌으로서는 다소 당혹스러웠다. 그녀는 르티아의 요청을 거절할 생각인데, 르티아는 그녀가 아주 당연히 그의 요청을 수락할 것이라 생각하는 듯해서였다.

거기다 조건까지 있다니.

무슨 조건일까?

"안타깝지만 네가 다시 나의 가디언이 되는 것에 불만을 품는 이들이 있다. 네가 나를 한 번 떠났던 것 때문이지. 물론 나는 네가 그럴 수밖에 없었던 이유를 충분히 알고 또 이해하고 있다만, 그들은 다르다. 따라서 너는 나 르티아의 가디언이 되기 위한 자격을 증명해야 한다."

가디언으로서의 자격이라. 어떤 자격을 증명하라는 것일까? 카렌은 로티아의 가디언이 다시 될 생각은 없었지만, 그게 뭔지 궁금하긴 했다. 그녀는 말없이 르티아의 다음 말을 기다렸다.

그러자 르티아는 손을 들어 한쪽을 가리켰다.

"저기 있는 녀석은 환야에 존재하는 그 어떤 마왕보다 사악한 마왕이다. 너 또한 그가 누군지 알 것이다."

그 말이 끝나는 순간 르티아가 가리킨 곳의 바닥에 웬 형체를 알 수 없을 만큼 망가진 한 존재가 나타났다.

대체 언제부터 저곳에 있었던 것일까?

그는 본래 그곳에 있었지만 알 수 없는 장막이 그를 가리고 있어 카렌이 보지 못했던 것이다.

그런데 그를 본 순간 그녀는 자신도 모르게 몸을 떨었다.

'저자는 누구일까? 누구이기에 저토록 만신창이가 되었을까?'

기이하게도 그로부터 아무런 기운도 느낄 수 없었다. 그저 무력한 고깃덩이라는 것 외에는.

그런데 그에게서 왜 익숙한 느낌이 드는 것일까? 카렌은 갑자기 엄습해오는 불길한 느낌에 등골이 서늘해지는 기분이었다.

그러고 보니 르티아는 저자를 사악한 마왕이라고 말했다. 그리고 그를 카렌이 알 것이라고도 했다.

'설마 샤크?'

불현 듯 한 가지 스치는 생각. 카렌은 이내 고개를 세차게 흔들었다.

그럴 리가 없다. 샤크가 누구인데.

그는 비록 마왕이지만.

단연코 그녀가 알기에 환야에서 가장 정의롭고 강한 존재가 바로 샤크인 것이다.

감히 누가 그를 저렇게 만들 수 있단 말인가.

그러나 이어지는 르티아의 말은 그런 그녀의 생각을 송두리째 깨뜨려버렸다.

"저 녀석은 바로 샤크라는 사악한 마왕이다. 그간 저놈이 벌인 패악한 일이 얼마나 많았는지는 일일이 열거하기조차 힘들지. 그러나 그것도 이제 끝이다. 이후로 환야에서 저놈이 숨을 쉬고 있을 수는 없을 테니까."

"……!"

카렌은 경악했다.

'샤크라고? 저자가 정말 샤크?'

이어지는 르티아의 말은 귀에 들어오지 않았다. 그녀는 저 만신창이 상태의 고깃덩이가 샤크라는 것이 믿기지 않았다.

그때 샤크가 감았던 눈을 떴다. 그리고 그 특유의 무심한 눈빛으로 카렌을 쳐다봤다.

샤크는 왜 감았던 눈을 뜬 것일까? 사실 카렌이 다가와 자신의 가슴을 찌를 때까지 계속 감고 있을 생각이었는데, 왜 갑자기 눈을 떴는지는 그 역시도 알 수 없었다.

그저 무심코 눈을 떴을 뿐이다. 그리고 그렇게 카렌과 시선이 마주쳤다.

바로 그 순간 카렌은 두 눈을 부릅떴다. 비로소 그녀는 그가 샤크임을 확신했다.

르티아가 그를 샤크라 말했을 때는 믿기지 않았지만, 샤크 특유의 담담한 그 눈빛을 보는 순간 그가 샤크라는 사실을 알 수 있었다.

"샤크! 대체 누가 너를……."

카렌은 샤크를 향해 이동하려 했지만 그럴 수 없었다. 알 수 없는 장벽이 그녀를 가로막았다.

'감히!'

이에 광분한 그녀는 곧바로 검을 빼 들고 휘둘렀지만 오히려 그녀의 검이 부서져 버렸다.

"으윽!"

놀랍게도 무형의 장벽은 그녀로서는 어찌할 수 없는 미증유의 기운을 품고 있었던 것이다.

그 모습에 르티아가 인상을 살짝 찌푸리며 말했다.

"아직 나의 말은 끝나지 않았다, 카렌. 내 말이 끝나면 장벽이 사라질 것이니 잠시 기다려라."

"어서 장벽을 거둬주세요. 부탁이에요."

카렌이 애원했다. 르티아가 인상을 굳히며 물었다.

"너는 무엇 때문에 그곳에 가려는 것이지?"

순간 카렌은 고개를 돌려 르티아를 쳐다봤다. 놀랍게도 방금 전까지 광분한 상태였던 그녀의 표정과 눈빛은 차분히 가라앉아 있었다.

그러나 르티아는 잘 안다. 카렌이 극도로 흥분하거나 분노했을 경우 저와 같은 모습을 보인다는 것을.

대체 무엇 때문에 카렌이 저리 분노한 것일까?

'카렌, 네가 지금 보이는 모습이 샤크에 대한 분노 때문이 아니라, 역시 그를 동정해서 보이는 것인가? 아니면 다른 마음이라도 있는 것이냐?'

카렌의 태도가 어떤 식으로도 이해하기 힘들었기에 그의 표정이 일그러졌다. 그는 한낱 마왕 따위에게 저와 같은 태도를 보이는 카렌을 용서할 수 없었다.

그것은 일종의 질투심이기도 했다.

르타아 자신은 카렌을 버릴 수 있어도, 카렌은 죽는 그 순간까지 자신만을 바라보고 있어야 하는 것이다. 비록 용자에 대한 환상 때문일지라도 말이다.

그런데 감히 한낱 마왕 따위에게 마음을 주었다는 말인가? 이대로라면 카렌에게 가디언으로서의 자격 증명을 위해 샤크의 가슴을 찌르라는 말을 하는 건 무의미했다. 카렌의 성격상 절대 따르지 않을 것이다.

'으득!'

르티아는 화가 치솟았다. 그는 당장이라도 카렌을 죽여버리고 싶었지만 참았다.

아니, 그렇다면 오히려 더욱 잘됐다. 카렌의 새로운 약점을 알았으니 말이다.

'생각해 보니 일이 더욱 쉬워지겠군.'

르티아의 입가에 의미심장한 미소가 맺혔다.

"샤크를 살리고 싶으냐, 카렌?"

카렌은 말없이 고개를 끄덕였다. 그러자 르티아는 카렌에게 검을 한 자루 던지며 말했다.

"그럼 가서 이 검으로 샤크의 가슴을 찔러라."

순간 카렌은 어이없어하는 표정으로 르티아를 노려봤다.

"그게 무슨 뜻이죠?"

"네가 그를 배신하라는 뜻이지."

"배신?"

그러자 르티아가 키득거렸다.

"흐흐, 그렇다. 너를 제외한 모두가 저 녀석을 배신했지. 이제 네가 마지막이다. 감히 마왕 따위가 협의라는 명분을 들먹이며 용자를 심판하겠다는 허망한 망상을 품고 있으니 어찌 가소롭지 않겠느냐?"

"……!"

카렌의 눈빛이 흔들렸다. 르티아를 바라보는 그녀의 눈빛은 이내 슬픔으로 물들었다.

"내가 잠시 착각했군요. 르티아! 당신은 조금도 변하지 않았습니다. 타락한 용자의 모습 그대로군요."

"닥쳐라!"

르티아는 카렌을 잡아먹을 듯 사납게 노려봤다.

"사악한 마왕과 어울린 주제에 지금 누구보고 타락했다 말하는 건지 모르겠구나. 카렌, 너야말로 타락한 가디언임을 알아야 한다."

그러자 카렌이 코웃음 쳤다.

"천만에! 샤크는 사악한 마왕이 아닙니다. 따라서 그와 어울린 내가 타락한 가디언이 될 수는 없습니다."

르티아는 어이없어하는 눈빛으로 그녀를 노려봤다.

"마왕이 사악한 존재가 아니면 그놈이 정의로운 존재라

도 된다는 말이냐?"

"그는 르티아 당신과는 비할 수 없이 협의로운 존재이죠."

카렌은 확신조로 말했다. 동시에 르티아를 노려보는 그녀의 눈빛에는 짙은 분노가 어려 있었다.

"타락한 용자가 된 당신이야말로 환야에서 사라져야 할 사악한 존재입니다."

"닥쳐라!"

르티아는 화가 머리끝까지 치솟아 견딜 수 없었다. 그러나 그는 이내 스스로의 화를 진정시켰다.

'여기서 내가 저년을 때려죽이면 초월자들이 나를 비웃을 것이다.'

그는 자칫 그로 인해 초월자들이 자신에 대한 신뢰를 버릴까 두려웠다. 그들에게 밉보이면 그들로부터 받은 차원력의 힘도 사라지게 될 것이다.

그것은 곧 그가 환야에서 소멸되는 것이나 마찬가지였다. 그로서는 생각하기도 싫은 끔찍한 일인 것이다.

따라서 지금은 카렌에게 분노하기보다 본래 목적대로 그녀로 하여금 샤크를 배신하게 만드는 것이 우선이었다. 그래야 초월자들에게 인정을 받을 수 있을 테니까.

"카렌, 네가 샤크를 찌른다면 너는 나의 가디언이 될 수 있을 뿐 아니라 나 못지않은 놀라운 힘을 얻게 될 것이다."

그러자 카렌은 대답할 가치도 없다는 듯 코웃음 치더니 고개를 돌려 버렸다. 르티아는 다시 말했다.

"그러나 네가 끝까지 나의 말을 거역한다면 이 자리에서 죽게 된다."

그러자 카렌은 어이없어하는 표정으로 르티아를 노려봤다.

"내가 죽음 따위를 두려워할 것 같은가요?"

"네가 죽음을 두려워하지 않는다는 건 알고 있다. 그러나 너는 사악한 마왕과 결탁해 용자에게 대항한 파렴치한 가디언으로 죽게 될 것이다. 매우 불명예스럽게 말이야. 그래도 좋다는 말이냐?"

"그건 당신이 억지로 뒤집어씌운 불명예일 뿐이죠. 진실은 다릅니다."

"그 진실을 누가 알아주겠느냐? 다른 이들은 너를 매우 사악하고 타락한 가디언으로 기억할 것이다. 영원히 말이야."

그러자 카렌은 가소롭다는 듯 호호 웃었다.

"그들이 거짓 진실을 믿는다 해서 그게 나와 무슨 상관이죠? 설마 내가 그따위 것을 두려워해서 샤크를 배신할 거라 생각하나요?"

르티아의 인상이 일그러졌다. 그는 애초부터 카렌이 이

렇게 나올 줄 알고 그와 같은 유혹이나 협박은 시도도 하지 않았었다. 그러다 홧김에 해본 것이었는데 역시나 그녀에게는 씨도 먹히지 않았다.

하지만 그의 입가에는 이내 음침한 미소가 맺혔다.

"어차피 너는 놈을 배신해야 한다. 그래야 그를 살릴 수 있기 때문이지."

"……"

카렌은 말없이 그를 노려봤다. 르티아는 득의의 미소를 흘리며 말을 이었다.

"놈을 살리고 싶지 않으냐? 어서 가서 놈을 찔러라."

"그렇게 하면 정말 샤크를 살려 줄 건가요?"

"물론이다."

그러자 카렌은 잠시 생각에 잠겼다. 그녀는 힐끗 샤크를 쳐다봤는데, 샤크는 알 수 없는 눈빛으로 그녀를 쳐다보고 있었다.

카렌은 샤크에게 눈빛으로 물었다.

'내가 널 배신하면 널 살릴 수 있어. 네 생각은 어때?'

그녀는 샤크가 어떤 식으로든 대답을 해 주었으면 했다. 그러나 샤크는 아무런 대답도 하지 않았다. 묵묵히 그녀를 쳐다보고 있는 그가 무슨 생각을 하고 있는지 카렌은 알 수 없었다.

'그럼 내가 하고 싶은 대로 한다.'

사실 카렌은 형식적으로 물어본 것뿐 그녀의 마음은 이미 결정되어 있었다.

샤크를 살리기 위해서 그를 배신한다?

그런 건 애초부터 고려 대상도 아니었다. 물론 그가 혹시라도 그것을 간절히 원한다면 그렇게 해 줄 용의는 있었지만.

그러나 샤크는 전혀 그런 기미를 보이지 않았다. 사실 카렌이 알고 있는 샤크의 성격상 절대 그런 걸 원할 리도 없었지만 말이다.

'배신 따위는 하지 않겠다, 샤크.'

샤크를 살리기 위해 그를 배신한다는 건 말도 안 되는 일이다. 그를 배신하는 것 자체가 그를 죽이는 것이나 마찬가지니까. 그것이야말로 그를 모욕하는 것이니까.

그는 환야에서 가장 의로운 마왕이다.

그 어떤 용자보다 의로운 마왕이다.

그가 어쩌다 르티아와 같은 타락한 용자에게 당했는지 모르지만, 카렌은 전신이 가루가 되어 부서지는 그 순간까지 그와 함께할 것이다. 환야의 모든 이들이 그를 적대할지라도 그녀는 끝까지 그의 편에 설 것이다.

그가 죽어야 한다면 그녀 역시 죽을 것이다.

곧바로 그녀는 비장한 눈빛으로 르티아를 노려보며 또박또박 외쳤다.

"르티아! 당신이 그를 죽일 수는 있어도 나로 하여금 그를 배신하게 할 수는 없어."

"크하하하! 정말 놈이 죽는 꼴을 보고 싶은 것이냐?"

카렌은 검을 들어 르티아를 겨눴다.

"그를 죽이려면 나부터 죽여야 할 거야."

"후후, 보채지 않아도 넌 내 손에 죽는다. 그러나 그 전에 저놈이 무력하게 죽어 가는 모습을 보여주도록 하지."

르티아는 일루전들을 힐끗 쳐다봤다. 그들은 고개를 끄덕였다. 이제 샤크의 목숨을 거둘 때가 왔다는 뜻이었다.

사실 그들의 약속대로라면 샤크를 살려 주어야 한다.

단 하나라도 샤크를 배신하지 않으면 그를 살려 준다고 했으니까.

그러나 그들은 애초부터 그 약속을 지킬 생각이 전혀 없었다. 그것은 르티아 역시 마찬가지였다.

일루전들과 르티아, 그들 모두에게 있어 샤크는 반드시 죽여야 할 위험한 존재인 것이다. 그가 지금은 이렇게 무력한 상태로 있지만, 만일 그를 살려뒀을 경우 추후에 어떤 무서운 일이 닥칠지 상상할 수 없기 때문이었다.

츠츳—

르티아는 조급히 차원력의 올가미를 샤크에게 던졌다. 다른 것도 아니고 샤크를 죽이는데 그가 빠질 수는 없으니까.

이 올가미를 던지는 데는 샤크에게 절망감을 주려는 이유도 있지만 또 다른 이유도 있다.

잠시 후 샤크가 죽게 되면 그 올가미를 통해 샤크가 가진 차원력을 조금이라도 나눠 가질 수 있게 되기 때문이다.

르티아는 카렌을 향해 키득거리며 말했다.

"후후후, 이제 두 눈 똑바로 뜨고 지켜보아라, 카렌! 네가 그토록 지키려던 사악한 마왕이 어떻게 죽어 가는 지를 말이야."

"아, 안 돼!"

어차피 그가 죽을 것이라는 것도 안다. 그러나 그의 가디언으로서 마지막 발악이라도 해 보고 싶은 심정에 카렌은 기를 썼지만 소용없었다. 알 수 없는 기운이 그녀를 옴짝달싹도 못하게 묶어버렸던 것이다.

# Chapter 8

인생이 결코 헛되지 않았다

드디어 르티아가 가세했다. 그것은 샤크가 그토록 기다리던 순간이었다. 이로써 르티아를 포함해 그를 배후에서 조종하는 자칭 초월자라 하는 종자들을 모조리 없애버릴 기회가 온 것이다.

그러나 샤크는 그보다 전혀 기대하지 않았던 일이 발생해 깜짝 놀란 터였다.

그는 카렌이 당연히 자신의 가슴을 찌를 것이라 생각했다. 배신의 유무를 떠나서 그녀에게 있어 르티아는 절대적인 존재였기 때문이다.

오죽하면 이전에 그녀가 샤크에게 한 최후의 부탁이 르

티아의 목숨만은 살려달라는 것이었겠는가.

샤크에게는 생명의 은인인 그녀의 부탁. 샤크는 당시 그렇게 하겠다고 했지만, 추후 그녀의 원망을 들을 것을 각오하고서라도 르티아를 죽이기로 마음먹었다.

그것은 르티아가 절대 살려두어서는 안 될 사악한 존재였기 때문이다.

그런데 결과적으로 보니 르티아는 살아 있고, 샤크가 그 약속을 지킨 셈이 되긴 했다.

혹시 그것 때문일까?

샤크는 카렌이 그것에 대한 의리로 죽음까지 불사하며 자신의 편에 선 것은 아닐까 생각해 보았다.

그러나 아무리 생각해도 그것은 아니었다.

르티아를 살려준 것에 대한 의리가 그 정도라면, 그녀가 르티아에 대해 가지는 마음은 그 이상이리라. 즉, 그녀는 절대 르티아의 명령을 거부할 수 없는 것이다.

그런데 그녀는 그 명령을 거부하며 샤크의 편에 섰다. 뿐만 아니라 그녀는 샤크가 사악한 마왕이 아니라 의로운 마왕이라 했다. 반대로 르티아에게는 타락한 용자라는 말을 서슴지 않았다.

샤크는 가장 믿었던 라우벤조차 어쩔 수 없이 그의 가슴을 찔렀는데, 르티아의 제 일 가디언이었던 카렌이 자신과의 의리를 지킬 줄은 짐작도 못했다.

아니, 단순히 의리를 지키는 것 이상이었다. 만일 카렌이 샤크의 목숨을 살리는 것에만 관심을 가졌다면, 르티아의 말대로 했을 것이다.

그녀가 샤크의 가슴을 찌르면 그를 살려 준다고 했으니까.

그러나 그녀는 그것 또한 단호히 거부했다. 그것이 무엇을 의미하겠는가?

그것은 샤크가 추구하는 협의를 훼손하고 싶지 않기 때문일 것이다. 샤크를 살린다는 명목으로 그를 모욕하고 싶지 않기 때문일 것이다.

정확하게 말하면 샤크가 진정으로 원하는 것이 무엇인지를 그녀는 알고 있었던 것이다. 그리고 그것을 위해서 그녀는 자신의 목숨을 내놓았다.


"르티아! 당신이 그를 죽일 수는 있어도 나로 하여
금 그를 배신하게 할 수는 없어."
"그를 죽이려면 나부터 죽여야 할 거야."


카렌은 샤크를 위해 그녀가 그토록 집착하던 용자 르티

아와 적대시하는 것도 서슴지 않았다. 그녀의 비장한 눈빛을 보며 샤크는 그녀의 모든 말이 진심이라는 것도 알 수 있었다.

그것은 샤크의 마음에 기이한 파문을 일으켰다.

전생에 이어 현생에서도 잡을 수 없는 바람을 쥐려 했다 생각했건만, 그래서 모든 것이 허무하게 느껴졌건만, 그것이 아니었다.

카렌으로 인해 샤크는 자신이 결코 허망한 것을 잡으려 했던 것이 아니었음을 깨달았다.

인생, 아니, 마생(魔生)이 결코 헛되지 않았다.

비록 단 한 명뿐이지만.

그가 추구하는 협의를 죽음까지 불사하며 지켜내려는 이가 존재한다는 것이 얼마나 마음 벅찬 일인가.

이 얼마나 유쾌한 일인가.

환야에 진정한 협사(俠士)가 존재하니 이제 웃으며 죽을 수 있으리라.

"하하하하!"

순간 만신창이의 고깃덩이에 불과한 그의 입에서 대소가 터져 나왔다.

"으하하하하핫!"

웃음소리가 사방을 울렸다. 이에 놀란 것은 카렌뿐이 아니었다. 르티아를 비롯한 모든 일루전의 초월자들의 안색에도 경악이 어렸다.

'이것이 어찌 된…….'

'이럴 수가! 차원력이 통제가 되지 않는다.'

그 사이 그들은 샤크를 죽이려 몇 번이고 시도했지만, 그들의 의도대로 차원력이 움직이지 않았다. 이에 놀라 차원력의 올가미를 거두려 했지만, 그조차도 불가능했던 것이다.

원로 일루전들이 사태의 심각성을 깨닫고 그 이유를 분석 중이었다. 그때까지만 해도 그들은 샤크가 그들의 차원력을 통제하고 있을 것이라고는 생각하지 않았다.

물론 그런 의심을 하지 않는 것은 아니지만, 그것은 그야말로 터무니없는 망상과 같은 것이었다.

어찌 일개 마왕의 능력으로, 그가 아무리 초월자의 반경에 들어섰다 할지라도 어찌 그와 같은 일이 가능하겠는가.

명백히 그와 같은 의심이 드는 상황이었지만 일루전들은 그것을 부인했다. 한편으로는 샤크에게 그런 능력이 있다는 것을 인정하고 싶지 않기 때문일 것이다.

그러나 처참히 으깨진 고깃덩이의 입에서 앙천광소가 흘러나오고, 동시에 그의 용모가 본래의 말끔한 상태로 회복

되는 것을 본 순간 일루전들은 두 눈을 부릅뜨고 말았다.

찬란한 은빛 날개를 펄럭이는 눈부신 은발의 미청년.

그는 무엇이 그리도 유쾌한지 한동안 웃음을 그치지 않았다.

그러다 일순 그는 웃음을 뚝 그치더니 카렌을 향해 말했다.

"카렌, 고맙다. 오늘 보여 준 너의 진정한 의리를 잊지 않으마. 앞으로도 오늘처럼 악과 타협하지 말고 절대용자로서 멋지게 살아가길 바란다."

"샤크……"

카렌이 뭐라 말할 사이도 없이 샤크는 고개를 돌려 다급히 말을 이었다.

"라우벤, 로니안, 피터! 너희들은 내게 가책을 가질 필요 없다. 너희로서는 어쩔 수 없는 일이었음을 잘 알고 있기에 나는 너희들을 탓하지 않겠다. 특히 라우벤! 네놈은 잘 들어라. 오늘 일로 네가 스스로 목숨을 끊는다면 나는 네놈을 절대 용서하지 않을 것이다. 강해져라. 그래서 이후로는 그 어떤 악 앞에서도 무릎 꿇지 않는 강한 용자가 되어라. 로니안과 피터도 마찬가지다."

"로드……"

"흐흑! 로드……!"

라우벤이 머리털을 쥐어뜯으며 절규했다. 로니안과 피터는 무릎을 꿇으며 오열했다. 라우벤이 뭐라고 샤크에게 말을 하려고 했지만, 그의 음성은 이후에 울려 퍼지는 거대한 뇌성들에 의해 묻혀 버렸다.

콰르르릉!

쿠콰콰콰쾅—

하늘이 흔들렸다. 귀를 찢을 듯한 폭음이 울렸다. 그와 함께 들리는 비명성.

"크아아아아아!"

그것은 가장 먼저 샤크에게 차원력의 올가미를 던졌던 금발의 엘프 청년으로부터 터져 나왔다. 무엇 때문인지 그의 몸이 부글부글 끓다 못해 그대로 녹아버린 것이다.

"크악!"

청년은 최후의 절규를 남긴 채 흔적도 없이 사라져 버렸다. 이어서 자줏빛의 탐스러운 머리카락을 가진 여인의 목이 툭 꺾이더니 몸체에서 떨어져 나갔다.

"끅!"

그녀는 비명조차 제대로 지르지 못하고 죽었다. 잘린 머리와 몸체는 이내 먼지로 변해 흩어져 버렸다.

"크으으! 크아아아악!"

다음은 근엄한 눈빛으로 샤크를 내려다보고 있던 붉은 홍채의 노인 몸에 수천 조각의 균열이 일었다. 그는 처참한 비명을 지르다 이내 먼지가 되어 사라져 버렸다.

이게 대체 어찌 된 일일까?

이 믿기지 않는 섬뜩한 장면은 일루전의 초월자들뿐 아니라 이 자리에 모여 있던 모든 이들의 눈에도 생생하게 보였다.

대부분 지금 죽어나가는 이들이 대체 누구이며 그들이 왜 죽는지 알지 못했다. 라우벤 등은 막연하게나마 그들이 바로 자신들이 신적인 존재로 여겼던 이들이었음을 짐작했을 뿐이다.

그때 샤크가 크게 외쳤다.

"모두 보아라. 스스로 불멸자라 자신하던 이들의 무력한 죽음을! 스스로 모든 것을 초월했다 자신하던 이들의 초라한 최후를!"

그들이 불멸자였다는 말인가. 초월자였다는 말인가.

그때 라우벤 등은 은빛 날개를 가진 샤크의 주위로 그물처럼 뻗어나간 수백 개의 투명한 빛줄기를 볼 수 있었다.

차원력의 올가미는 인간의 육안으로는 볼 수 없는 무형의 기운이지만 샤크가 그것을 형상화해 볼 수 있게 한 것이다.

본래 샤크는 수백의 올가미에 걸려 몸부림치는 맹수와 같은 신세였다. 그러나 지금 보여지는 모습은 정 반대였으니. 샤크가 거머쥔 사냥꾼의 그물망에 수백의 일루전들이 걸려들어, 오들오들 떨고 있는 상황이었던 것이다.

'믿을 수 없다.'

'어떻게 이런 일이…….'

인간들은 물론이요 웬만한 용자나 마왕들에게도 신적인 존재로 여겨질 만큼 초월적인 능력을 가진 일루전 족들. 그들은 지금 자신들의 눈앞에 펼쳐진 광경을 믿을 수가 없었다.

방금 처참히 죽은 세 명의 일루전들이 누구이던가.

일루전들 중에서도 최상위 능력을 가진 원로들이 아니던가.

그런 그들이 무력하게 죽었다.

영원한 불멸자라 여겨지던 그들이 소멸되어 버린 것이다.

거기서 끝이 아니었다. 연이어 일루전들이 계속 끔찍한 모습으로 죽어가기 시작했다.

팍!

콰직!

어떤 일루전은 머리가 터져 버렸고, 또 다른 일루전은 전신이 생선토막처럼 균등하게 잘려나갔다. 물론 이후로 먼지가 되어 흩어지는 것은 모두가 동일했지만, 그 전의 죽는 과정은 제각각 달랐던 것이다.

그들이 어찌 짐작이나 하겠는가. 그 또한 샤크의 의지대로 되고 있다는 사실을.

애초에 의도했던 대로 샤크는 차원력의 올가미들로부터 전해져 오는 수 백 일루전들이 가진 차원력의 흐름을 조종해 균형을 깨뜨린 후 그것을 역이용해 일루전들을 하나씩 제거하고 있었다.

그리고 그것을 통해 각각의 일루전들에게 가장 끔찍한 죽음을 선사하고 있었던 것이다. 무참하게 죽어 가는 일루전들을 노려보는 그의 눈빛은 싸늘했다.

'너희들은 아무것도 초월하지 못했다. 삶과 죽음은 물론 인간들이 가진 희노애락의 그 어떤 것도 초월하지 못한 주제에 감히 초월자를 자칭했느냐?'

샤크의 생각대로 그들은 그저 차원력이란 거대한 힘을 손에 넣은 사악한 몬스터에 불과했을 뿐이다. 이제 그들의 죽음으로 환야에 존재하던 가장 거대한 악이 사라지게 될 것이다.

그 사이 다른 일루전들은 필사적으로 샤크의 그물망으로

부터 벗어나려 했지만 소용없었다. 손짓 한 번에 하나의 소세계를 날려 버릴 수 있을 만큼 강력했던 차원력을 그들 스스로 통제할 수 없다는 것은, 그들을 패닉 상태로 몰기에 충분했다.

그러자 그 상황에 가장 충격을 받은 이는 물론 르티아였다. 그가 그토록 믿었던 초월자들이 무력하게 당하고 있는 상황이 그로서는 도무지 믿기지 않았다.

한낱 마왕 따위에게.

조금 전까지 그저 고깃덩이에 불과했던 하찮은 녀석에게.

이게 말이나 되는 일인가?

정말 꿈이라면 깨고 싶었다. 아니 깨지 못할지라도 지금 이 순간 그저 꿈이면 싶었다.

그러나 연이어 처참히 죽어 가는 일루전들의 모습을 보면서 르티아는 지금 이 상황이 현실임을 부인할 수 없었다.

"끄으윽! 캬아아아악!"

"아아아아아악!"

초월자라 불리는 이들이 저토록 끔찍한 비명을 지르다니. 대체 얼마나 큰 고통이 느껴지기에 저와 같이 절규를 한다는 말인가.

르티아는 일루전들이 육체적 고통 따위는 초월한 이들임

을 알고 있었다. 그런 초월자들이 입이 찢어져라 비명을 지르는 모습을 보니, 연신 소름이 끼쳐왔다. 도무지 믿을 수가 없었다.

처음에는 불신이, 그 후에는 분노가 밀려왔다. 그러나 일루전들의 죽음이 이어지자, 분노는 사라지고 공포가 밀려왔다. 결국 종국에 남은 것은 절망뿐이었다.

이대로라면 그 역시 저와 같이 끔찍한 죽음을 면치 못한다. 그가 무슨 수를 써도 피하지 못하리라.

결국 그의 안색은 창백하다 못해 파랗게 질려버렸다. 그는 샤크를 향해 애원하는 표정을 지었다.

"으으! 제발! 살려줘……."

무슨 염치로 샤크에게 살려달라는 말을 한다는 말인가. 그러나 이 순간 그에게 염치 따위는 존재하지 않았다. 그는 그저 살고 싶을 뿐이었다.

그런 르티아를 향해 샤크는 차가운 조소를 흘렸다.

"너는 죽는다, 르티아. 이제 너야말로 끝없는 절망을 느껴보아라."

가장 벼르고 있던 순간이다. 이때를 위해 숨죽이고 있었다. 그가 이룬 모든 것이 파괴되고 믿었던 부하들이 눈물을 뿌리며 배신을 하는 것도 묵묵히 참아냈던 이유는, 바로 지금과 같은 기회를 얻기 위함이었다.

그가 의도한대로 르티아는 패닉 상태로 제정신이 아니었다. 비록 일루전들에 의해 초월자로 각성했다 해도, 명색이 초월자인 이상 담담히 죽음을 맞이해야 하련만 그런 면은 찾아볼 수 없었다.

하긴 그 같은 상태는 일루전들도 마찬가지이니 르티아에게 무엇을 기대하겠는가.

샤크는 문득 탄식했다.

'저들은 어찌 저렇게 변한 것일까?'

비록 지금은 추악한 모습만 보이곤 있지만, 일루전들은 절대로 평범한 존재가 아니다. 그들 모두가 차원력을 다룰 만큼 극고의 경지에 들어선 이들인 것이다.

전생에서 고금제일인이라 불리던 광협 백룡으로서도 감히 차원력을 다룬다는 건 엄두도 내지 못했다.

샤크가 환야에서 처음 차원력을 감지했을 때는 말 그대로 절망을 느꼈지 않았던가.

그는 차원력을 누군가 다룰 수 있으리라고는 상상도 못했다. 환야라는 세상에 존재하는 가장 강력한 힘이며, 그 누구도 그 힘 앞에서는 무력하게만 느껴졌다.

그래도 그는 생명의 위험을 감수하고 차원력의 폭풍과

맞서며 차원력을 연구했다. 그리고 어렴풋이나마 차원력의 실체를 잡을 수 있었지만, 그때만 해도 차원력을 다룬다는 것은 그저 요원하게만 느껴졌다.

그러다 그가 차원력에 대해 진정한 각성을 한 것은 일루전들과 조우했을 때였다. 그들이 차원력을 마치 내공처럼 자유롭게 다루고 있는 것을 보았던 것이다.

그리고 그들과 충돌하며 생사의 위기를 겪었고, 그 와중에 극적으로 만상무극심법을 만상차원심법으로 개조시킬 수 있었다. 비로소 그때부터 그는 차원력을 자유롭게 다룰 수 있게 되었다.

그러나 그 후로도 그가 지금의 경지에 이르기까지, 다른 이들로서는 상상도 할 수 없는 극한의 수련을 거쳐야 했다.

그런 만큼 샤크는 차원력을 다룬다는 것이 얼마나 어려운 것인지 잘 알고 있었다. 특히 육체가 아니라 정신의 범주에 있어서도 엄청난 확장이 이루어야 한다는 것을.

따라서 샤크로서는 당연히 의문이 들지 않을 수 없던 것이다.

차원력을 다룰 만큼 극고의 정신력을 가진 일루전들이 어찌 저렇게 타락할 수 있는 것일까? 적어도 그만한 경지에 이른 이들이라면 사악한 욕망이 깃든 유희를 빌미로 환야를 어지럽히는 짓을 하지는 않을 것이기 때문이다.

'대체 이해할 수 없군.'

생각 같아서는 그중 몇을 잡아다 그 이유를 물어보고 싶기도 했지만, 아쉽게도 이제 그것은 불가능했다. 그리고 이미 결과적으로 타락한 이들을 상대로 그 이유를 알아봤자 무엇하겠는가.

생각해 보니 그 또한 의미가 없었다. 그들은 모두 사라져야 한다. 천적이 존재하지 않던 사악한 악마들이 사라지면 환야는 본래의 균형을 찾을 것이다.

물론 마왕들은 여전히 존재하겠지만, 절대용자가 될 카렌과 라우벤 등이 있는 한 그들은 기를 펴지 못할 것이다.

"크아아아악!"

"아아악!"

그 사이에도 일루전들은 하나씩 차례로 죽어갔다. 그리고 그들의 숫자가 줄어들수록 샤크 또한 자신의 최후가 머지않았음을 느끼고 있었다.

일루전들을 몰살 중인 이 거대한 차원력의 힘은, 샤크가 비록 통제하고 있지만, 그렇다 해서 그것이 샤크 자신의 힘은 아니었다.

샤크가 아무리 여러 번 환골탈태를 이루어도, 그 엄청난 차원력을 수용하기란 불가능하기 때문이다.

사실 지금 일루전들을 향해 엄습하는 차원력의 폭풍은, 샤크가 수용할 수 있는 차원력의 가히 1백 배는 된다고 볼 수 있다.

그럼에도 불구하고 그것을 마치 무기를 다루듯 통제할 수 있는 것은, 그것의 흐름을 이해했기 때문인 것이다.

다시 말해 샤크는, 자신의 힘보다 몇 백 배 강력한 위력을 가진, 특별한 무기를 휘두르고 있는 것이나 마찬가지였다.

그리고 불행하지만 그 무기의 최종 목표는 바로 샤크 자신이었다. 그것은 샤크가 무슨 수를 써도 피할 수 없는 숙명과 같은 것이었다.

물론 샤크 스스로 자초한 것이기에, 그는 담담히 자신의 최후를 맞을 각오가 되어 있었다.

"쿠아아악!"

"케에엑!"

일루전들은 빠른 속도로 죽어갔다. 어느덧 1백여 명의 일루전들이 환야의 먼지가 되어 흩어졌다.

생존자는 대략 2백여 명.

그중에는 르티아도 포함되어 있었다. 절망에 빠져 있던 르티아는 지속되는 일루전들의 단말마를 듣자 급기야 괴소와 괴성을 질러 댔다.

"으흐흐흐! 이, 빌어먹을! 다들 뭣들 하는 거냐? 나는 살고 싶단 말이다!"

샤크에게 애걸해 봤자 소용없음을 알고 있는 르티아는 일루전들을 닦달했다.

"으득! 이 한심한 놈들아! 초월자들이라는 것들이 어찌 저따위 마왕 하나도 못 당하는 것이냐? 멀뚱히들 있지 말고 제발 좀 무슨 수를 써보란 말이닷!"

그로서는 감히 일루전들을 닦달한 만한 처지가 아님을 그 누구보다 잘 알고 있었지만, 그는 그런 걸 개의치 않았다. 그는 사실상 제정신이 아니었으니까.

그리고 그에게는 다행인지 몰라도 일루전들은 그런 르티아에게 괘씸함을 느낄 만큼 여유롭지 않았다. 모두들 패닉 상태에 빠져 있었던 것이다.

"멍청이들! 제발 정신들 차리지 못하느냐? 정녕 이대로 모두 죽을 셈이냐?"

르티아는 절규했다. 그는 비록 차원력의 경지는 일루전들에 비할 수 없었지만, 살고 싶다는 욕망만은 누구보다 강했다. 아마 그 욕망 순으로 서열을 매긴다면 그가 가장 수위에 있을 것이 틀림없으리라.

그러다 보니 그 강렬한 욕망이 만들어 낸 생존의 의지가 일루전들에게도 생생히 전해졌고, 그것이 일종의 기적을 만들었다.

놀랍게도 일루전들이 패닉 상태에서 벗어났던 것이다.

그렇다. 이대로 당할 수는 없다. 어떻게든 살아야 한다. 수단과 방법을 가리지 말고 살아야 한다.

강한 생존의 의지가 일루전들을 지배하는 순간, 그들은 합심하여 대책을 강구하기 시작했다.

아득한 세월을 환야의 초월자로 군림해 온 그들이다.

비록 그들이 상상도 못한 기괴한 방법으로 샤크에게 불의의 기습을 당했지만, 그들 모두 옛적에 극한의 수련을 거친 초월자들인 것이다.

'모두 합력해 저 마왕이 장악한 차원력의 그물을 끊어내야 해요.'

'그것이 가능하겠는가?'

'놈이 차원력을 통제하고 있어 그것은 불가능하다.'

설령 자신들이 가진 차원력을 모두 포기한다 해도 샤크가 마치 포식자 거미처럼 그들을 묶어놓은 상태라 그를 벗어날 수는 없는 상태였다.

그러나 일루전들에게는 아득한 세월 동안 축적된 방대한

지식과 지혜가 존재했다. 그들이 르티아로부터 전해진 생존의 의지로 무장하자 그로부터 상상도 못했던 하나의 방법을 떠올릴 수 있었다.

'그렇군. 놈을 혼돈의 벽으로 이동시킵시다.'

'무엇이? 지금 혼돈의 벽이라 했소?'

'그곳에서라면 차원력의 흐름이 혼돈 상태로 바뀌니 놈으로부터 벗어날 수 있소.'

혼돈의 벽은 환야의 상공 아득한 곳에 존재하는 극한의 벽이었다. 그곳에 도사리고 있는 거대한 폭풍은 초월자들이라도 감히 접근할 수 없을 만큼 강력해 일루전들은 언제부턴가 그곳을 극한의 벽 혹은 혼돈의 벽이라 불렀다.

만일 누군가 그 혼돈의 벽을 뚫고 지나간다면 환야를 벗어나 다른 차원의 세계로 이동할 수 있으리란 추측은 해봤지만, 지금껏 그 누구도 그곳을 통과한 적은 없었다.

아니 통과는커녕 시도조차 한 이도 없었다.

미증유의 기운! 극한의 힘! 차원력을 초월한 힘!

이른바 혼돈력(混沌力)이라 불리는 힘이 지배하는 절대 영역.

그 누구든, 설령 초월자라 해도 그 근처에 접근하면 소멸되고 말 것인데 감히 누가 그런 무모한 시도를 해 보았겠는가.

"크아아악!"

"꾸으윽!"

그 사이에도 일루전들은 죽어갔다. 살아 있는 일루전들은 다급히 심어를 통해 의견을 나누었다.

'혼돈의 벽이라! 그곳으로 이동하면 우리 또한 죽지 않겠소?'

'그렇소. 그것은 극히 위험한 짓이오.'

'위험해도 어쩔 수 없어요. 어차피 이대로라면 우린 모두 죽어요.'

'그렇다. 이대로 무력하게 죽느니 모험을 해 보도록 하자. 성공한다면 우린 저 마왕 놈과의 고리를 끊어 낼 수 있을 뿐 아니라 놈을 혼돈의 벽에서 죽게 만들 수 있을 것이다.'

'찬성이에요.'

'그렇게 하지요.'

'좋소. 이대로 죽느니 모험을 택하겠소.'

일루전들이 일제히 찬성했다. 극히 위험한 모험이지만 지금으로써는 그것 외에는 다른 방법이 없기 때문이었다.

"아아아아악!"

그 사이에도 일루전 하나가 죽었다. 머뭇거릴 때가 아니라는 판단에, 남은 일루전들은 일제히 힘을 모았다. 르티아 또한 반색하며 그들의 계획에 동참했다.

슈우욱!

그 순간 샤크의 몸이 상공으로 비상하기 시작했다.

"……!"

샤크는 깜짝 놀랐다. 지금까지 차원력의 그물망에서 벗어나려 몸부림치던 일루전들이 일제히 그것을 포기한 것도 모자라 오히려 자신들의 남은 차원력을 한데 모아 그의 몸을 상공으로 띄울 줄은 몰랐던 것이다.

Chapter 9

혼돈의 벽

'이놈들이 지금 무슨 짓을?'

샤크는 일루전들의 뭉쳐진 차원력을 통제하는데 전력을 쏟고 있는 터라, 뜻하지 않은 일루전들의 역습에는 무력할 수밖에 없었다.

물론 저항은 가능하다. 그러나 그 경우 저 무시무시한 차원력의 폭풍이 통제를 잃고 샤크를 향해 작렬할 것이다.

그렇게 되면 샤크는 그 즉시 소멸되고 만다. 물론 이미 죽음은 각오한 바지만, 그것은 일루전들이 모두 죽은 이후에 벌어져야 하는 것이다.

'무슨 의도로 나를 상공으로 보내는 것일까?'

아득히 오랜 세월을 환야에서 살아온 일루전들과 달리 샤크는 아직 혼돈의 벽이라는 것이 존재하는지 알지 못한다. 따라서 그가 지금 일루전들의 행동을 이해할 수 없는 것은 당연했다.

'너희들이 무슨 짓을 벌이려는지 모르겠지만, 그래 봤자 달라지는 것은 없을 것이다.'

어차피 거리가 멀어진다 해도, 설령 아득한 공간만큼 떨어진다 해도 일루전들은 샤크의 손속을 벗어나지 못한다. 그들이 환야에 존재하는 한 차원력의 그물을 벗어날 수 없기 때문이다.

즉, 샤크는 일루전들이 무의미한 짓을 한다고 생각했다.

상공에는 가공할 위력의 차원력의 폭풍이 존재하지만, 그것은 초월자인 샤크에게는 한낱 미풍에 지나지 않는다. 아니 오히려 차원력의 회복에 도움이 되면 되었지, 그에게 어떤 위협도 될 수 없는 것이다.

"쿠아아아악!"

"끄윽!"

그 사이에도 일루전들은 죽어갔다. 그럼에도 불구하고 그들은 샤크를 비상시키는 것을 멈추지 않았다.

그렇게 다시 1백여 명의 일루전들이 죽었다.

이제 남은 건 1백여 명뿐.

샤크는 그들 중 단 한 명도 살려 둘 생각이 없었기에 그의 몸이 아득한 상공의 어딘가로 이동하는 순간에도 공격을 멈추지 않았다.

슈우우! 슈우우욱―

그런데 어느 순간 갑자기 이동속도가 빨라지는 것이었다. 방금 전까지만 해도 부유하듯 상승하던 그의 몸은 초월자인 그로서도 낼 수 없을 만큼 불가사의한 속도로 상승하고 있었다.

'이, 이것은!'

샤크의 안색이 굳어졌다. 이 속도는 절대 정상적인 것이 아니었다. 차원력의 대부분을 자신에게 장악당한 일루전들이 아무리 힘을 모은다 해도 불가능한 일이었다.

그렇다.

이 현상은 일루전들에 의해서 벌어진 것이 아니었다. 그로서는 알 수 없는 거대한 무언가가 그를 끌어들이고 있는 것이 분명했다.

대체 그것의 정체는 무엇일까?

샤크는 본능적으로 엄청난 위기감을 느꼈다. 이는 차원력과는 비할 수 없이 강력한 무언가가 존재하지 않는다면 있을 수 없는 현상이기 때문이다.

아니나 다를까? 지금까지 그의 통제하에 있던 차원력의
흐름들이 느닷없이 이탈을 시도하기 시작했다. 마치 순풍
이 불고 있던 바다에 폭풍이 몰아쳐 돛을 통제하기 힘든 것
과 같은 상황이었다.

'으음……!'

차원력의 폭주였다. 아직까지는 그가 간신히 통제하고
있지만 점점 그것이 벅차졌다. 이러다간 일루전들을 향해
엄습하던 차원력의 폭풍이 제멋대로 움직이게 될 것이다.

그리고 자칫하다 그것이 샤크를 향해 돌진해올 경우 모
든 것은 끝장이었다. 샤크는 그대로 소멸될 것이고, 일루전
들은 샤크의 손속에서 벗어나 무사하게 될 것이다.

그것은 기우가 아니었다.

샤크가 그 알 수 없는 거대한 힘에 가까워질수록 차원력
의 흐름이 불규칙해지더니, 급기야 그가 그토록 우려하던
일이 벌어지고 말았다.

콰콰콰콰—

그때까지 일루전들을 향해 엄습하던 차원력의 폭풍이 제
멋대로 방향을 선회하더니, 샤크를 향해 돌진해오기 시작
했다.

'제길! 놈들이 바로 이것을 노린 것이었군.'

샤크는 비로소 일루전들의 속셈을 알 수 있었다. 일루전
들에게 이런 최후의 한 수가 존재할 줄이야. 통탄스러웠지
만, 샤크로서는 지금 상황을 벗어날 방법이 없었다.

물론 그는 죽는 것이야 두렵지 않았다. 100여 명의 일루
전들과 르티아를 죽이지 못하고 죽는 것이 한스러울 뿐.

특히 르티아!

이럴 줄 알았으면 놈을 가장 먼저 죽일 걸 그랬다. 가장
고통스럽게 죽이기 위해 남겨두었는데, 이런 이변이 벌어
질 줄이야.

슈우우우—

그 사이에도 그의 속도는 더욱 빨라졌다.

샤크 스스로는 낼 수 없는 극한의 속도!

아마도 이것이 그 알 수 없는 힘에 가까워지고 있다는 증
거이리라. 그로부터 그야말로 가공하기 그지없는 초유의
인력이 작용해 그를 끌어들이고 있는 것이 분명했다.

그런데 바로 그 엄청난 속도로 인해 샤크가 아직 무사한
것이었다. 본래라면 그의 통제를 벗어난 차원력의 폭풍이
그를 향해 이미 들이닥쳤어야 정상이지만, 현재 샤크의 이
동 속도가 차원력이 낼 수 있는 속도보다 빨랐기에 그는 아

직 멀쩡했다.

그러나 결국 죽는 건 시간문제이리라.

차원력의 폭풍에 의한 최후는 샤크에게 있어 벗어날 수 없는 숙명과 같은 것! 일순간 그의 속도가 조금이라도 느려진다면 여지없이 그것이 그의 몸을 강타해 그를 흔적도 없이 소멸시켜버릴 것이다.

샤크는 이를 악물었다.

'절대 혼자 죽지는 않겠다.'

어떻게든 다시 차원력의 폭풍을 통제해 그것이 일루전들에게 방향을 돌리게 하려했지만 그것이 불가능한 것임을 안 이상, 샤크는 다른 방법으로 일루전들을 해치우기로 작정했다.

'후후, 모두 함께 죽는 것이다.'

일루전들의 방법은 확실히 기발했다. 그러나 샤크가 어디 그리 순순히 당하고만 있겠는가. 예측 못한 사태에 잠시 당황했을 뿐, 그는 이내 침착함을 되찾았다.

'잊었느냐? 너희들과 나는 한데 묶여 있다는 사실을.'

그 사이 샤크가 아득한 공간을 이동했지만, 아직 일루전들이 그에게 던졌던 차원력의 올가미는 사라지지 않았다. 그들이 그것을 풀고자 했으나, 샤크가 허락하지 않았기 때문이다.

'모두 와라. 이곳으로!'

샤크는 이제 자신을 향해 엄습하는 차원력의 폭풍에 대해서는 신경을 끄기로 했다. 어차피 그것은 그의 통제를 벗어난 상태이기 때문이다.

대신 차원력의 그물을 이용해 일루전들을 자신이 있는 곳으로 끌어당기기 시작했다. 오히려 그것은 차원력의 폭풍을 조종하는 것보다 훨씬 쉬운 일이었다.

순간 그때까지 회심의 미소를 짓고 있던 일루전들의 몸이 상공으로 번쩍 이동하기 시작했다.

그 속도는 가히 상상을 초월했다.

샤크가 혼돈의 벽에 끌려가는 속도에 샤크가 끌어당기는 속도가 더해진 터라, 일루전들은 다시 패닉 상태에 빠지고 말았다.

'노, 놈이 우리를 끌어당기고 있소.'

'큰일이에요. 이대로라면 우리 또한 혼돈의 벽에 끌려가 모조리 죽게 될 거예요.'

'으으! 정말 끔찍한 놈이군.'

일루전들은 치를 떨었다. 아마도 그들이 꿈에도 보기 두려운 존재가 있다면 그가 바로 샤크일 것이다.

'이럴 때가 아니오 더 늦기 전에 놈과의 고리를 끊어야 하지 않겠소?'

'하긴 혼돈의 힘에 의해 차원력의 흐름이 불규칙해졌을 테니 지금이라면 충분히 가능한 일이겠군.'

'하지만 그렇게 되면 우리는 차원력을 사실상 잃게 돼요. 다시 회복하려면 아득한 세월이 필요할 텐데……'

그러자 르티아가 답답하다는 듯 다급히 심어를 보냈다.

'살아야 합니다. 차원력을 희생해서라도 일단 살고 봐야 합니다. 죽고 나면 차원력이 대체 무슨 소용입니까? 어차피 저 빌어먹을 샤크 놈만 사라지면 환야에서 우리를 대적할 만한 존재는 없습니다. 제발! 살기만 하면 우리에게 기회는 있습니다. 죽으면 모든 기회가 사라집니다. 무조건 살아야 합니다. 무조건!'

연거푸 쏟아지는 르티아의 심어에 일루전들은 잠시 멍해졌다. 대체 저렇게까지 살고 싶단 말인가. 그들은 한편으로 어이가 없었지만, 왠지 모르게 마음이 흔들렸다.

'흠, 르티아의 말은 확실히 일리가 있다. 저 사악한 마왕 놈이 사라지면 더 이상 환야에서 우리를 위협할 만한 존재가 없으니, 차원력은 차차 회복해도 될 것이다.'

'그건 그렇소.'

'좋소. 나도 찬성이오.'

'어쩔 수 없죠. 일단 살기로 해요.'

'사는 게 우선이오!'

르티아에게서 전염된 생존에 대한 강렬한 욕망이 일루전들을 지배했다. 그로 인해 본래라면 죽어도 포기하지 못했을 차원력을 살겠다는 이유 하나로 그들은 기꺼이 포기할수 있었다.

'지금이다. 모두 차원력을 포기해라.'

'으윽!'

'크아아아!'

차원력의 포기! 그것은 보통의 인간으로 치면 사지를 뽑아내는 것과 같은 일이었다. 내공을 가진 고수에게는 단전을 뽑아내는 것과 같고, 마법사에게는 마나 홀을 통째로 들어내는 것과 같았다.

그러니 어찌 고통스럽지 않겠는가.

물론 그런 일이 벌어지면 인간들은 즉사하고 말겠지만 초월자인 일루전들에게는 다소의 고통만 있을 뿐 생명에는 지장이 없다.

그리고 그들은 이렇게 사라진 차원력의 근원을 얼마든지 다시 생성할 수 있었다.

이는 인간으로 치면 뽑혀나간 사지를 다시 만들어 내는 것과 같고, 무림인으로 치면 파괴된 단전을 다시 생성하는 것과 같은 일이지만, 초월자인 그들에게 있어 그것은 불가능한 일이 아니었다.

다만 예전의 차원력을 모두 회복하는 데는 아주 오랜 시간이 필요할 것이다.

"……!"

그 순간 샤크는 두 눈을 부릅떴다. 갑자기 르티아를 비롯한 일루전들이 일제히 차원력의 그물망을 벗어나버렸기 때문이다.

'이런……!'

샤크는 일루전들이 설마 자신의 차원력을 포기하면서까지 생존을 도모할 줄은 몰랐다. 그가 알기로 그들은 죽으면 죽었지 그런 일을 할 족속들이 아니었던 것이다.

그것은 초월자인 그들의 모든 것을 포기하는 것이나 마찬가지 아닌가. 그 자존심 강한 이들이 말이다.

그러나 지금으로써는 그것이 그들에게 최선의 선택임은 분명했다. 차원력은 잃었겠지만, 덕분에 확실히 살 수는 있을 테니까. 이제 샤크로서도 그들을 죽일 방법은 없었다.

아니, 그들을 죽이기는커녕, 이제 그 스스로의 죽음이나 걱정해야 할 것이다. 일루전들과 연결된 차원력의 고리가 끊어지는 순간, 그들의 차원력까지 가세해 차원력의 폭풍이 몇 배 더 강력해졌던 것이다.

콰아아아아—

그로 인해 차원력의 폭풍이 다가오는 속도도 훨씬 빨라졌다. 놀랍게도 그 속도는 샤크가 저 알 수 없는 힘에 끌려가는 속도보다 빠른 듯했다.

'제기랄! 분하군.'

샤크는 자신이 죽는 것보다 일루전들과 르티아를 마저 죽이지 못한 것이 못내 분했다. 그리고 공교롭게도 그 분노가 그의 마음에 적지 않은 파문을 일으켰다.

'그래. 이대로 나 혼자 죽을 수는 없다.'

사실 샤크는 환야의 삶에 더 이상 미련이 없었다. 짙은 허무함이 그를 지배했기 때문이다. 그래서 일루전들과 르티아를 모두 죽이고 자신 또한 죽는 것에 별다른 회한 같은 것은 없었다.

그러나 그 뜻대로 되지 않자 그의 생각은 달라졌다.

르티아와 1백여 명이 넘는 일루전들이 살아 있는 한, 환야는 이전과 달라질 것이 없기 때문이다.

그들의 능력이 한동안 웬만한 용자나 마왕 수준으로 떨

어진다 해도, 시간이 지나면 다시 이전의 수위를 회복할 것
은 자명한 사실.

그런 그들을 상대로 카렌과 라우벤 등이 승리를 거두기
란 불가능한 일이었다. 설령 그들이 기적적으로 초월자의
반경에 이른다 할지라도 말이다.

'이대로 죽을 수는 없다. 어떻게든 살아야 한다.'

살아서 일루전들과 르티아를 반드시 제거하고 말리라.

어느새 삶의 허무함은 흔적도 없이 사라졌고, 강한 생존
의 의지가 그를 지배했다.

본래 그는 강한 생명의 위기에 직면할수록 새로운 능력
의 각성을 하곤 했다. 지금도 마찬가지였다.

아직 그로서는 알 수 없는 미지의 힘!

그리고 수 백 일루전들의 진원이 합쳐진 차원력의 폭풍!

이 두 개의 거대한 힘 사이에서 죽음의 순간이 닥쳐오자,
그가 가진 특유의 생존 감각이 극한까지 발동되었다.

그러던 일순간 그는 보았다.

자신을 이곳까지 끌어당긴 그 미증유의 힘이 무엇인지를.

쿠쿠쿠쿠쿠쿠──

그것은 거대한 회오리였다.

그것을 중심으로 수많은 기운들이 휘돌며 빨려 들고 있

었는데, 놀랍게도 그 기운들은 모두 차원력이었다.

차원력을 빨아들이고 있는 저 회오리는 무엇인가?

믿을 수 없게도 그 앞에서 차원력들은 먼지처럼 부서지고 있었다.

'저것은? 설마 혼돈인가?'

샤크는 어렴풋이나마 저 회오리가 뭔지 짐작할 수 있었다. 사실 차원력이 아무리 강력하다 해도 혼돈 앞에서는 흩어지고 만다는 사실을 그는 이미 오래전부터 알고 있었던 것이다.

물론 그것은 그가 차원력을 뛰어넘는 경지에 이르렀기 때문이 아니라 그저 이론적으로 막연히 떠올렸던 것일 뿐, 실제로 그와 같은 기운이 존재한다고는 생각하지 못했다.

그런데 그것을 실제로 목도하게 될 줄이야.

'혼돈이라……'

샤크는 눈을 감고 명상에 잠겼다. 그는 자신이 저 가공할 혼돈의 회오리에 말리는 순간, 그대로 가루로 변한다는 사실을 잘 알고 있었다. 그러나 그는 마치 그것이 남의 일 인 양 태평스레 눈을 감고 있었다.

어디 혼돈의 회오리뿐인가. 그의 뒤를 바짝 추격하고 있는 차원력의 폭풍에 휘말려도 그는 소멸되고 말 것이다.

그런데도 한 번 감은 그의 두 눈은 뜨일 줄을 몰랐다.

그러다 그가 두 눈을 번쩍 떴을 때는 차원력의 폭풍과 혼돈의 회오리가 사실상 지척이라 할 만큼 가까워져 있었다.

콰콰콰아아—

쿠쿠쿠쿠쿠쿠!

전방과 후방에서 몰아치는 거대한 죽음의 폭풍들. 그것들의 위력은 초월자들도 그저 하찮은 미물에 지나지 않게 만들만큼 강력했다.

차라리 이 상황에서는 삶을 포기하는 것이 속편할 것이다. 죽을 수밖에 없는데 굳이 살겠다고 하는 욕망이 오히려 더 큰 고통을 줄 테니까.

그러나 샤크는 삶을 포기하지 않았다. 지금 이 순간 그의 눈빛은 그 어느 때보다 강렬히 빛나고 있었다.

'벗어날 수 없다면 뚫고 지나간다.'

이 무슨 말인가? 설마 혼돈의 회오리를 뚫겠다는 것인가? 차원력이 먼지처럼 부서지는 저 극한의 벽을 무슨 수로 뚫을 수 있다는 말인가?

만일 일루전들이 이 말을 들었다면 그야말로 코웃음 치고 말았을 것이다. 혼돈의 벽을 통과한다는 것은 그야말로 허무맹랑한 망상에 지나지 않기 때문이다.

그러나 샤크는 망상에 빠져 있는 것이 아니었다. 무모하긴 했지만, 일종의 모험을 하려는 것일 뿐이었다.

어차피 이대로라면 무조건 죽는다. 무슨 수를 써도 혼돈에서 비롯되는 가공할 인력을 벗어날 방법이 없기 때문이다.

그러나 그것을 통과한다면?

아마도 환야를 벗어나 새로운 곳으로 가게 될 것이다.

'보통 때라면 불가능하겠지만.'

샤크는 이를 악물었다. 잠시의 명상 동안 그는 혼돈의 힘이 가진 생소한 흐름을 최대한 읽어내려 노력했다. 그리고 어렴풋이나마 혼돈력의 실체를 깨달을 수 있었던 것이다.

극한의 위기 상황 속에서 가동되는 특유의 초감각!

그 짧은 순간 그는 각성했다.

이른바 혼돈력의 실체에 대해 깨달은 것이다.

다만 그 깨달음은 아쉽게도 머리카락 한 올 정도라 할 만큼 미미했다. 사실상 각성이라고 할 것도 없을 정도였다.

그러나 그것만으로도 충분했다.

혼돈력이 결코 잡을 수 없는 바람과 같은 것이 아니라는 사실을 확인했으니까.

아마도 살아날 수만 있다면 언젠가 혼돈력도 지금의 차

원력처럼 자유자재로 다루게 될 수 있으리라.

'혼돈력의 실체를 알게 되는 순간, 차원력의 운용에 있어서도 새로운 경지에 이르렀다. 덕분에 저 차원력의 폭풍을 자유롭게 다룰 수 있게 되었으니, 이것이야말로 천우신조이자 전화위복이라 할 수 있겠지.'

그것이 샤크가 혼돈의 회오리를 뚫겠다는 무모한 자신감의 근원이었다.

방금 전까지 그에게 숙명처럼 다가오던 죽음의 폭풍이, 지금은 오히려 그의 생명을 보호하는 강력한 보호막이 되어 버린 것이다.

츠츳! 츠츠츠츠!

순간 거세게 몰아치던 차원력의 폭풍이 그의 의지 아래 그의 몸을 둘러싼 배리어의 형태로 바뀌었다.

그 상태로 샤크는 혼돈의 중심으로 돌진했다.

물론 아무리 차원력의 폭풍이 형성한 배리어라 해도, 혼돈의 회오리 속에서 무사하기란 불가능했다. 그 사실은 샤크도 잘 알고 있었다.

그러나 이 배리어는 보통의 차원력이 아닌 수백여 일루전들의 진원까지 합쳐져 생성된 터라, 잠시지만 버틸 수 있었다.

샤크는 그 틈을 이용해 혼돈의 회오리를 돌파할 계획인 것이다. 이는 그가 혼돈의 흐름을 읽어내지 않았다면 감히 시도할 수 없는 방법이었다.

콰아아아아아아아—

그 사이 샤크는 혼돈의 회오리 속으로 말려들었다. 무한대의 공간을 휘몰아치는 혼돈의 회오리 속에서 샤크의 몸은 작은 점에 불과할 뿐이었다.

다행히 차원력의 폭풍이 형성한 배리어가 그의 몸이 부서지는 것을 막아주었지만, 가공할 압력에 몸이 터져 버릴 것 같았다.

'크윽! 조금만 더 버티면…….'

샤크는 필사적으로 차원력을 운용했지만, 이미 그의 몸을 둘러싼 배리어에는 금이 가기 시작했다. 그 금은 이내 거미줄처럼 확산되었다. 이대로라면 배리어는 산산이 부서지고 말 것이다.

번쩍!

바로 그때였다. 샤크의 몸이 돌연 빛살과 같은 속도로 움직이기 시작했고 그대로 혼돈의 회오리를 뚫고 어디론가 사라졌다.

**Chapter 10**

묘한 인연

'통과했다……'

샤크는 정신이 혼미해지는 와중에도 자신이 혼돈의 벽을 통과했음을 깨닫고는 쾌재를 불렀다.

그 벽을 통과한 순간 혼돈의 영역에서 벗어날 수 있었다. 이곳이 어디인지 아직 모르지만 그는 더 이상 혼돈의 회오리에 의해 부서질 위험은 없었다.

'후후, 용케 살아났군.'

일루전들이 이 사실을 알게 되면 기절초풍하겠지만, 그는 그 극한의 벽을 뚫고 생존하는 데 성공했다.

쩌저적—

그때 차원력의 배리어가 산산이 부서지기 시작했다. 샤크는 다급히 차원력을 운용했다.

'이것들을 잃을 수는 없지.'

혼돈의 회오리를 통과하게 해 준 이 거대한 힘을 이대로 흩어지게 할 수는 없었다. 나중에 다시 환야로 돌아가기 위해서라도 이 힘은 반드시 필요했다.

그러나 일단 흩어지기 시작한 그 힘을 다시 모으기란 쉬운 일이 아니었다. 특히나 샤크는 혼돈의 벽을 통과하느라 전력을 소모한 터라 더더욱 쉽지 않았다.

'무슨 일이 있어도 이 힘을 내 것으로 만들어야 한다.'

샤크는 초조했다. 만일 지금 그의 상태가 정상이었다면 수백여 일루전들의 진원들이 모인 방대한 차원력의 상당 부분을 자신의 것으로 만드는데 성공했을 것이다.

그러나 지금 상태로 그런 시도를 했다간 그의 몸은 그대로 부서져나가고 말 것이다.

아쉽지만 이 힘을 포기해야 할 것인가.

비록 샤크의 경지가 한 단계 상승했다지만 이만한 수준의 차원력을 쌓으려면 아득히 오랜 세월이 소모될 것이다.

그래서인지 샤크는 쉽사리 포기할 수 없었다. 곧바로 그의 두뇌가 혼돈의 벽을 통과하려 했던 그때처럼 맹렬히 회전하기 시작했다.

그리고 다행히 한 가지 방법을 찾아낼 수 있었다.

그것은 이 흩어지는 차원력의 힘들을 체내로 흡수하는 것이 아니라 특정한 형태의 물건으로 응축시켜 봉인하는 것이었다.

그러나 그것을 위해서는 샤크 역시 막대한 희생을 치러야 했다. 일루전들이 했던 것처럼 그의 몸에 있는 차원력의 진원을 소모해야 하는 것이다.

아니, 사실상 그 이상의 희생이 필요했다.

그 순간 그의 육체의 대부분이 녹아버릴 것이기 때문이다.

즉, 그는 이전처럼 육체의 극히 일부만 남겨 둔 상태에서 다시금 육체를 재생해야 할 상황이었다. 그리고 그 재생된 육체에 차원력의 진원을 생성한 후, 적어도 지금의 수준에 이를 만큼 차원력을 쌓아야만 방대한 차원력의 봉인을 해제해 체내에 흡수할 수 있는 것이다.

그 시간을 샤크는 대략 400디에스 정도로 치고 있었다. 인간들의 시간으로 친다면 무려 10년 이상의 시간!

'또 처음부터 다시 시작해야 하는 건가? 상당히 번거롭긴 하군.'

그래도 그것이 가장 현명하면서도 빠른 방법이었다. 일루전들의 차원력을 포기한 상태에서 그 정도의 차원력을 스스로 쌓으려면 수 만 년 이상이 소모될 수도 있으니 말이다.

어쨌든 결정을 내린 이상 머뭇거릴 때가 아니었다. 샤크는 즉시 차원력의 진원을 소모해 흩어지는 차원력을 끌어모았다.

츠츠츠츠! 츠으으읏!

순간 사방으로 난무하던 차원력의 조각들이 한데 모이더니 하나의 형상으로 화했다.

스스스—

그것은 다름 아닌 팔찌였다.

신비한 푸른빛을 띠는 아름다운 팔찌!

그것이 바로 샤크가 응축시킨 차원력의 결정체였다.

'후후, 성공이군.'

샤크는 쾌재를 불렀다. 이로써 가히 무한대라 할 수 있는 차원력을 확보했다. 지금 당장은 쓸 수 없지만 머지않아 그것을 자유자재로 활용할 수 있게 될 것이다.

그리고 그때가 되면 다른 어떤 외부의 도움이 없이, 오직 그 스스로의 힘으로도 혼돈의 벽을 쉽게 오갈 수 있게 될 것이다.

환야로 다시 돌아가는 것도 충분히 가능하다는 뜻이었다.

'그나저나 이곳은 대체 어디일까?'

이곳이 환야에 속한 곳이 아니라는 사실은 직감적으로 알 수 있었다. 초월자로서의 감각으로 뭔가 떠오를 것도 같았지만, 길게 생각할 여유가 없었다.

차원력의 진원이 사라진 그의 육체가 먼지처럼 부서지기 시작했던 것이다. 이대로라면 잠시 후 그는 의식을 잃게 된다. 그리고 다시 깨어나려면 대략 1디에스(10일) 정도의 시간이 필요했다.

'이곳이 어디인가는 내가 다시 깨어난 후에 알아봐야겠군.'

그는 혼미해지는 의식 속에서 다급히 팔찌에 자신의 머리카락 한 올을 감았다. 그러자 팔찌에 감긴 머리카락을 제외한 그의 모든 육체가 녹아 증발해 버렸다.

'……'

그는 그대로 의식을 잃었다.

휘이이—

그 순간 아득한 상공을 부유하던 팔찌가 땅으로 떨어져 내리기 시작했다.

＊　　　＊　　　＊

우르르르! 콰콰쾅!

쏴아! 쏴아아아—

싱푸른 수풀이 끝없이 늘어선 밀림 지대의 하늘이 어두
워지더니 이내 폭우가 쏟아져 내리기 시작했다.

"와아! 비가 많이 오네! 이러다 옷이 흠뻑 젖겠어."

"비도 오고 곧 날이 어두워질 것 같으니, 오늘은 저기 보
이는 동굴에서 밤을 지내고 가는 게 좋겠구나."

"응."

커다란 나뭇잎으로 빗방울을 막으며 다급히 동굴 속으로
향하는 이들은 예닐곱 살쯤 되어 보이는 소녀와 20대 후반
의 여인이었다.

"리닌, 조심해야지. 그렇게 서두르다간 돌부리에 걸려
넘어지고 말거야."

여인 헤나는 질퍽해진 길을 빠르게 뛰어가는 딸 리닌을
향해 타이르듯 말했다. 그러자 리닌은 길에 박힌 돌부리를
깡충 뛰어 가볍게 피하고는 귀엽게 헤헤 웃었다.

"염려 말아요. 돌멩이 따위에 걸려 넘어지진 않는다고
요."

"앞에 넝쿨."

"앗!"

쿠당!

리닌은 돌멩이만 신경 쓰다 아래쪽으로 길게 뻗어 나온 넝쿨을 미처 보지 못하고 걸려 넘어지고 말았다. 헤나는 어깨를 으쓱했다.

"거 봐. 조심하라고 했잖니."

"칫! 넝쿨을 못 보다니. 아깝다."

리닌은 벌떡 일어나더니 멋쩍은 듯 웃었다. 저 또래의 소녀라면 그런 식으로 넘어졌을 경우 엄마가 일으켜줄 때까지 우는 게 정상이지만, 리닌은 그와 달리 씩씩했다.

"그럼 또 달려야지."

"넝쿨 조심하렴."

"호호! 요 정도야."

리닌은 이번에는 당하지 않겠다는 듯 가볍게 넝쿨을 넘어갔다. 헤나는 씩 웃으며 리닌의 뒤를 따라갔다.

딸의 뒷모습을 보며 그녀는 행복했다.

이 험난한 세상에 사랑하는 딸 리닌이 없다면 그녀가 얼굴에 미소를 띠울 일은 없을 것이다.

그러나 그녀는 리닌이 오늘도 숲에서 노숙해야 한다는

생각에 가슴이 아파왔다. 사악한 칼드 제국에 의해 파리안 왕국이 멸망하지 않았더라면 이런 고생은 모르고 자랐을 텐데.

'조금만 참으렴, 리닌. 크리오스 왕국에만 도착하면 지금처럼 숲에서 노숙하지 않아도 될 거야.'

그러던 그녀의 눈빛이 일순 싸늘하게 번뜩였다.

"리닌, 어서 동굴에 들어가 있어. 절대 밖을 보면 안 된다."

리닌은 갑자기 달라진 엄마의 태도에 흠칫 놀란 듯했지만, 이 같은 상황이 처음이 아니었는지 이내 침착하게 고개를 끄덕였다.

"조심해요, 엄마."

"염려 말고 어서 들어가."

리닌이 동굴 안으로 들어간 것을 확인한 헤나는 등 뒤에 맨 대검을 풀어 양손에 쥐었다.

백색 검신의 대검!

한 눈에 보기에도 꽤 무거워 보이는 그것은, 20대 후반의 가냘픈 체격을 가진 그녀에게는 어울리지 않는 무기였다.

그러나 그녀가 그 검을 양손에 쥔 순간 주변으로 숨 막힐 듯한 한기가 퍼져 나갔다. 그녀는 싸늘한 눈빛으로 주변의 수풀을 쏘아보며 외쳤다.

"거기 숨어 있는 거 다 알고 있으니 나오는 게 어때?"

그러자 수풀이 들썩이더니, 염소 머리에 전신은 시커먼 털로 뒤덮인 장신의 몬스터 다섯 마리가 튀어나왔다. 그것들은 하나같이 방패와 도끼로 무장하고 있었다.

"키키킥! 이렇게 비가 오는데도 우리가 있는 걸 눈치채다니 제법인걸."

"꿀꺽! 피부가 야들야들해 보이는 게 아주 먹음직스러울 것 같구나."

몬스터들이 인간의 말을 하고 있었지만, 헤나는 놀라지 않았다. 르메스 대륙에서 이것은 자연스러운 일이었으니까.

물론 예전에는 이와 같은 일은 상상도 할 수 없었다. 대략 3년여 전부터 칼드 제국에 고용된 드래곤들과 각종 몬스터 용병들이 나타나면서 벌어진 일이었다.

칼드 제국은 수백 년 이상 르메스 대륙 최강의 국가로 군림해 왔다. 그러나 최근 수십여 년 사이 국력이 약해져 인근 왕국들의 도전을 받는 중이었는데, 드래곤과 몬스터 용병들이 등장한 이후부터 예전의 국력을 되찾을 수 있었다.

칼드 제국의 황제 베네트 3세가 어디서 그것들을 데려왔는지 모르지만, 드래곤의 지원을 받은 몬스터 용병들은 전투력 뿐 아니라 지능도 뛰어나 르메스 대륙의 공용어인 르메스어를 어렵지 않게 구사했던 것이다.

그런 뛰어난 용병들로 인해 칼드 제국은 최근 3년 사이 인근 3개 왕국과 전쟁을 벌여 승리해 지속적으로 영토를 확장시켰다.

이에 고무된 베네트 3세는 몬스터 용병들 중 일부를 제국의 정규 병사로 편입시키고, 그들에게 인간 병사 못지않은 대우를 해 주었다. 심지어 공을 세운 이들에게는 작위까지 수여한 터라, 새로 확장된 제국 영토에는 몬스터가 다스리는 영지도 제법 생겨났다.

그러나 그들이 아무리 귀족이나 정규병이 되었다 한들 몬스터 특유의 흉포함이 어디 가겠는가. 그들의 치하에 놓인 인간들은 그야말로 끔찍하기 짝이 없는 고통을 당해야 했다.

특히 몬스터가 영주로 있는 영지의 경우에는, 눈 뜨고도 보지 못할 지옥경이 펼쳐졌다. 영지민들을 착취하는 건 기본이고, 마음에 들지 않을 경우에는 잡아먹는 게 흔한 일이었던 것이다.

황제 또한 그 사실을 알면서도 모른 척했다. 몬스터들의 전투력이 막강한 만큼, 그들을 손쉽게 부리기 위해서는 적당한 횡포쯤은 눈감아 줄 필요가 있었던 것이다.

그리고 몬스터들에게는 대부분 새로 확장된 영토 중 가장 쓸모없고 척박한 곳을 영지로 내준 터라, 그곳 영토가 쑥대밭으로 변한다 해도 제국 입장에서는 크게 손해될 것이 없었다.

그런 제국의 만행에 대륙의 여러 왕국들은 분노했지만, 감히 제국의 비위를 거스르지 못했다. 그들로서는 강력한 전투력의 몬스터 병사들을 당해 낼 도리가 없었던 것이다.

하긴 전설의 드래곤들이 몬스터 병사들의 뒤에 있는 데 그들을 무슨 수로 당하겠는가.

그동안 제국에 반기를 들었다가 망국의 신세가 된 왕국만 무려 세 곳이었다. 그것도 한때는 제국에 위협이 될 만큼 강력한 군력을 갖추었던 왕국들이 멸망했다.

그러다 보니 대부분의 왕국들은 제국의 횡포 앞에서도 그저 숨을 죽이고 있을 수밖에 없었다.

그나마 강력한 성기사 부대를 보유한 크리오스 왕국만이 유일하게 제국에 대항하고 있었는데, 그로 인해 제국의 폭정에 불만을 품은 사람들이 삼삼오오 짝을 지어 크리오스 왕국으로 향하곤 했다.

헤나 역시 크리오스 왕국으로 가는 중이었는데, 그녀는 최근 칼드 제국에 의해 멸망한 세 왕국 중 하나인 파리안 왕국의 귀족 출신이었다. 안타깝게도 그녀의 가문은 그녀와 딸 리닌을 제외하고는 몬스터들에게 모두 몰살을 당하고 말았다.

절망뿐인 그녀에게 있어 유일한 희망은 크리오스 왕국으로 가는 것. 그런데 이곳에서 매복 중인 제국의 병사들과 조우하게 된 것이다.

지금 헤나 앞에 나타난 몬스터들은, 방패의 전면에 핏빛 와이번 문양이 새겨져 있었다. 그 문양을 알아본 헤나의 안색은 어두웠다.

'핏빛 와이번 문양이면 역시 제국군이야. 그리고 저 염소 머리를 가진 놈들이면 그 카치카라 불리는 마물들이 틀림없어. 하필 저 악랄한 놈들을 만나다니.'

카치카라 불리는 특이한 이름을 가진 그들은 민첩하면서도 용의주도하며 교활하기 그지없어, 주로 정찰조나 추격조에 많이 투입된다고 했다.

그래서 헤나로서는 잔뜩 긴장할 수밖에 없었던 것이다. 그런 그녀의 긴장감을 느꼈는지 카치카들은 키득거리며 말했다.

"키키! 이봐, 인간 여자! 그렇게 떨 것 없단다. 이래 봬도 우리는 칼드 제국의 정예 병사거든."

"맞아. 너의 신분만 확실하다면 절대 해치지 않을 테니 염려마라."

말은 그렇게 하면서도 카치카들은 헤나를 빙 둘러 포위하며 입맛을 다셨다. 그리고 그들 중 하나가 의미심장한 미소를 지으며 손을 내밀었다.

"멀뚱히 서 있는 걸 보니 아직 우리말을 못 알아들었나 보군. 당장 신분패를 보여라, 인간 여자. 네 신분이 확실하다면 그냥 보내 주겠다."

이는 헤나가 칼드 제국 소속이거나 혹은 우방의 왕국 소속이라면 무사하겠지만, 그렇지 않을 경우에는 무사하지 못할 것이라는 의미였다. 여차하면 카치카들의 저녁 식사 거리가 될 수도 있다는 뜻이다.

"킥킥! 신분패가 없느냐? 그럼 네 팔 하나를 떼어 주면 특별히 눈감아 줄 수도 있다."

그냥 보내 줄 테니 팔을 떼어 달란다. 헤나는 치가 떨렸다. 그녀가 팔을 떼어 줄 리 없지만, 설령 준다 해도 카치카들이 순순히 놔줄 리 만무했다. 오히려 입맛을 다시며 더욱 난폭하게 달려들 것이다.

따라서 살고 싶다면 모조리 베어 버려야 한다. 헤나는 짧게 호흡을 한 번 고른 후 말했다.

"신분패를 보여 주마."

슥.

그녀는 한 손으로 허리춤의 주머니에서 신분패를 꺼내 카치카 병사 중 하나에게 던졌다. 병사는 그것을 받아 확인하더니 인상을 구겼다. 신분패가 아니라 그냥 나무 막대에 불과했던 것이다.

그는 곧바로 헤나를 잡아먹을 듯 노려봤다.

"이게 신분패란 말이냐? 죽고 싶은…… 컥!"

그러나 카치카 병사는 말을 끝내지 못했다. 헤나가 번쩍 검을 휘두른 순간 그의 목이 그대로 잘려나갔다.

스컥! 촤아악!

잘려진 몸체에서 피분수가 솟구치는 순간 헤나는 그 옆의 카치카를 향해 대검을 내리찍었다. 카치카는 인상을 구긴 채 방패를 들어 막았다.

"으득! 감히!"

카앙!

대검이 방패를 치고 튕겨 나왔다. 그 사이 다른 카치카들이 일제히 도끼를 휘둘렀다.

쎙! 쒸잉!

섬뜩한 파공음과 함께 날아드는 도끼날들을 헤나는 가볍

게 피해 냈다. 그러고는 대검을 세차게 휘둘렀다.

번쩍!

순간 그녀의 백색 검신이 푸른빛으로 물들었다. 오러가 펼쳐진 것이다. 이에 놀란 카치카들이 황급히 방패로 막으며 물러섰지만 강력한 오러의 기운은 방패를 반쪽 냄과 동시에 그들의 가슴을 사정없이 갈라 버렸다.

좌악! 좌악!

양옆의 카치카들에 이어서 그녀의 앞뒤에서 덮쳐오던 카치카들의 목도 날아갔다.

"쿠으윽!"

"커억! 부, 분하다."

목이나 가슴에 치명상을 입은 카치카들은 그대로 맥없이 널브러졌다. 그렇게 카치카들을 모두 쓰러뜨리는데 성공한 헤나는 나직이 안도의 한숨을 내쉬었다.

피핑!

쒝! 쒜엑—

그런데 그때 돌연 그녀의 뒤쪽에서 화살이 연거푸 날아왔다. 깜짝 놀란 그녀가 대검을 휘둘러 화살을 쳐냈지만, 그중 하나가 그녀의 허벅지에 깊이 박히고 말았다.

푸확!

"으윽!"

그녀가 한쪽 무릎을 꿇고 비틀거리자 멀리서 수풀을 헤치고 카치카 하나가 나타났다.

"크크! 각오하라."

만일에 대비해 그곳에 카치카 하나가 매복하고 있었던 모양이었다. 그는 비틀거리며 괴로워하는 헤나를 단숨에 해치울 작정인지 도끼를 번쩍 들고 달려왔다.

그 순간 맥없이 비틀거리던 헤나의 두 눈이 번쩍 빛났다. 그녀는 그대로 대검을 힘차게 휘둘러 카치카의 목을 잘라버렸다.

스컥!

그것이 끝이었다. 카치카는 절명했다. 짐짓 큰 부상을 입은 척하며 방심을 유도한 후 단번에 기습을 날려 해치운다는 그녀의 작전이 통한 것이다.

헤나는 그 후로도 한동안 긴장을 풀지 않고 주위를 쓸어봤다. 그러다 근처에 더 이상의 적이 없다는 것을 확인하고서야 한숨을 몰아쉬었다.

'휴!'

부상을 입긴 했지만 적들을 모두 해치울 수 있어서 다행이었다. 그녀는 즉각 화살을 뽑은 후 포션을 꺼내 상처 부위에 살짝 들이부었다.

콸콸!

포션의 약효는 뛰어나 상처는 눈에 띄게 아물었다. 사실 포션을 좀 더 쏟아 부으면 상처는 완전히 사라지겠지만, 한 병 뿐인 포션을 아껴야 했기에 약간만 사용한 것이었다.

그러다 보니 여전히 통증은 존재했다.

'오늘 밤만 지나고 나면 많이 나아질 거야.'

그녀는 허벅지가 시큰거리고 아팠지만 이를 악물고 동굴 쪽으로 향했다. 그러자 동굴 안에서 벌벌 떨면서 상황을 지켜보던 리닌이 울먹이며 달려 나왔다.

"으앙! 엄마! 많이 다쳤어?"

"호호호! 다치긴."

"화살에 맞은 것 봤는데?"

"살짝 긁혔을 뿐이야. 포션을 바르니 이제 아무렇지도 않단다. 이거 봐, 어때?"

헤나는 훌쩍 도약한 후 공중에서 한 바퀴 도는 모습을 보여주며 리닌을 안심시켰다.

"헤헷! 그렇구나."

리닌은 그제야 안심한 듯 눈물을 그쳤다. 헤나는 여전히 허벅지가 무척 쓰라렸지만, 딸 앞에서는 아픈 척도 할 수 없어 속으로 쓴웃음을 지었다.

그래도 이만하길 얼마나 다행인가. 혹여라도 그녀가 더 큰 부상을 입었다면 이 방대한 숲을 가로질러 크리오스 왕국까지 가기란 불가능하기 때문이다.

물론 멀쩡한 상태라 해도 과연 크리오스 왕국에 도착할 수 있을지 의문이긴 했다. 솔직히 말하면 기적이 일어나지 않는다면 모를까, 숲에 포진한 수많은 몬스터들을 뚫고 간다는 건 쉬운 일이 아니었다.

하지만 그녀는 이를 악물었다. 온몸이 부서진다 해도 반드시 크리오스 왕국에 리닌을 무사히 데려가겠다고 다짐했다. 사악한 칼드 제국의 횡포에서 안심하고 지낼 수 있는 곳은 오직 그곳뿐이니까.

'그보다 놈들이 또 나타나면 골치 아픈데.'

그녀는 잠시 고심했다. 근처의 카치카들은 모두 죽었지만, 혹시라도 그것들이 또 나타난다면 문제다. 동굴 속에 있다간 봉변을 면치 못할 것이다.

그러나 비가 여전히 세차게 쏟아지고 있었다. 그리고 잠시 후면 날이 어둑해질 텐데 그녀 혼자라면 모를까 리닌을 데리고 무리하게 움직일 수는 없는 일이었다.

고민 끝에 그녀는 일단 동굴에서 비를 피한 후, 새벽 일찍 출발하기로 마음먹었다.

"들어가서 쉬도록 하자, 리닌."

"응, 근데 안에 누군가 자고 있어."

"뭐? 그게 무슨 소리니? 설마 동굴 안에 누군가 있다는
거야?"

리닌은 고개를 끄덕였다.

"어두워서 잘 보이진 않았지만 분명 눈을 감고 누워 있
었어."

"그래?"

헤나는 가슴이 철렁 내려앉았다. 동굴 안에 누군가 있었
다니. 그것도 모르고 리닌을 동굴 안에 들여보냈던 것이다.
만일 그자가 적이었다면 어쩔 뻔했는가?

차앙!

"뒤로 물러나 있어, 리닌."

헤나는 대검을 다시 빼 들고 동굴 안으로 들어갔다. 혹시
라도 수상한 기미가 보이면 선제공격을 날리기 위함이었다.

'이런 동굴에서 눈을 감고 누워 있다니 뭔가 수상해.'

눈을 감고 누워 있다는 건 곧 잠을 자고 있다는 것이다.
사실 잠 좀 자는 것이 굳이 수상하달 수 있을까?

그러나 방금 전 카치카들과 치열한 격전을 벌였던 헤나

로서는 잠을 자고 있다는 그가 무조건 수상하게만 느껴질 수밖에 없었다.

츠읏.

헤나는 검신에 오러를 주입한 후 그 빛으로 조심스레 동굴 안쪽을 비춰 봤다.

"아."

정말이었다. 리닌의 말대로 웬 청년이 잠들어 있었다.

그런데 헤나가 탄성을 날린 이유는 그의 용모가 너무 눈부셨기 때문이었다.

신비한 은발아래 인간 같지 않게 잘생긴 얼굴, 그 아래 펼쳐진 완벽한 근육질의 몸까지.

"앗!"

그리고 보니 그는 속옷 하나 걸치지 않았다. 왼팔에 신비한 푸른빛을 반짝이는 팔찌를 착용한 것 외에는 말 그대로 알몸이었던 것이다.

'세상에, 어찌 저런……..'

헤나는 자신도 모르게 얼굴이 화끈거려 시선을 돌리고 말았다. 그러나 이내 다시 고개를 돌린 후 눈에 힘을 주고 그를 쏘아봤다.

'화, 확실히 수상해.'

쳐다보면 볼수록 빠져들 수밖에 없는 신비한 은발 청년이었다. 오죽하면 아무 생각 없이 그를 쳐다보고 싶은 생각까지 들 정도였다.

그러나 어찌 생각해도 수상하긴 수상했다. 멀쩡한 인간이 이런 곳에서 태평스레, 그것도 알몸 상태로 잠을 자고 있을 리 만무하기 때문이다.

스윽.

헤나는 대검의 날을 청년의 목에 가져다 댄 후 차갑게 외쳤다.

"이봐! 너!"

그러자 청년이 눈을 번쩍 떴다. 그는 잠시 멍한 표정을 짓다가 힐끗 시선을 돌려 헤나를 쳐다봤다.

순간 헤나는 심장이 쿵 내려앉는 듯했다.

그의 눈빛을 본 순간 뭐라고 형용할 수 없는 이상한 감정이 솟구쳤던 것이다.

이 감정은 대체 뭘까?

설마 처음 보는 남자에게 반하기라도 한 것인가?

그럴 리는 없었다. 그녀가 아무리 혼자 된지 좀 됐다 하지만, 저 청년이 아무리 멋진 용모를 갖고 있다 하지만, 그래도 그렇지, 이렇게 쉽게 마음을 열만큼 그녀는 값싼 여자가 아닌 것이다.

여자인 그녀가 오러를 다룰 만큼 강력한 검술을 펼칠 수 있다는 것은, 그녀가 결코 평범한 가문 출신이 아님을 의미한다.

지금은 칼드 제국에 의해 멸망했지만, 한때 파리안 왕국에서 손꼽히는 명문 검가(劍家)인 로나이스 후작가의 여식이 바로 그녀인 것이다.

그런 만큼 그녀는 콧대 높기로 따지면 웬만한 왕국의 공주 못지않다고 할 수 있었다. 특히나 지금처럼 딸과 함께 생사를 건 도피 상황에서, 처음 본 남자에게 마음을 빼앗길 만큼 정신 빠진 짓을 할리는 전혀 없는 것이다.

그런데 이상하게도 청년의 눈빛을 본 순간, 그녀는 끝없는 늪에라도 빠진 듯 정신을 차릴 수가 없었다. 이내 호흡이 거칠어지다 못해 현기증까지 일어났다.

그야말로 뇌쇄적인 매력! 아니 마력(魔力)이라 표현하는 것이 정확할 것 같았다.

마력이라. 아마 그럴 지도 모른다. 청년의 정체는 본래 마왕이었으니까.

그렇다. 청년은 바로 샤크였다.

그가 차원력의 진원을 소모해 일루전들의 모든 힘을 팔

찌로 봉인한 후 의식을 잃은 지 정확히 1디에스의 기간이 흐른 것이다.

그리고 방금 전 헤나와 리닌이 이곳 동굴에 도착할 때쯤 그의 육체는 재생되었다. 다만 그것은 그의 무의식 중에 일어난 일이었고, 동시에 그의 의식도 막 깨어났다.

그 시간이 공교롭게도 헤나가 대검을 그의 목에 가져다 대며 그를 불렀던 때와 일치했다.

그는 앞에서 양 볼을 붉게 물들인 여인이 두 눈에 힘을 주고 자신을 쏘아보고 있는 모습을 발견했다. 샤크의 눈동자가 가만히 저를 향하자, 대검을 쥔 그녀의 손이 세차게 흔들렸다.

'흠.'

샤크는 이 상황이 도무지 이해가 되지 않았다. 팔찌가 어쩌다 이곳 동굴까지 굴러들어왔는지 모르지만, 그거야 그렇다 치자. 숲에 떨어진 걸 짐승들이 물어다 놨을 수도 있으니 말이다.

그런데 대체 저 여자는 뭔가? 왜 검을 들고 서 있는 것일까? 특이하게도 그녀의 얼굴은 매우 낯익었다.

여인의 머리카락이 푸른색이라는 것만 제외한다면, 그가 알고 있는 누군가와 얼굴이 완전 판박이었던 것이다.

'카렌?'

물론 그녀는 카렌은 아니었다. 이곳이 환야가 아닌 전혀 다른 세상이라는 것쯤은 샤크도 이미 짐작하고 있으니까.

따라서 카렌일 리는 없었다. 그녀와 닮았을 뿐 전혀 다른 여성인 것이다.

'그것참 묘한 인연이군.'

카렌은 환야에서 그와의 의리를 끝까지 지켜 주었던 유일한 존재였다. 샤크는 그녀가 보여 준 멋진 모습을 영원히 잊지 못할 것이다.

그녀로 인해 샤크는 자신의 삶이 헛되지 않았음을 느꼈고, 협의를 행한다는 것이 결코 허무하지 않은 일임을 확신할 수 있었다.

그만큼 카렌은 그에게 소중한 존재였다. 추후 그가 모든 힘을 회복한 후 환야로 돌아가려는 이유도, 그녀를 만나려는 목적이 가장 크다고 할 수 있을 정도니까.

그런데 이 낯선 세계에서 카렌과 머리색만 제외하고 거의 동일한 외모를 지닌 여인을 만났으니, 어찌 감회가 새롭지 않겠는가.

비록 검을 겨누고 있지만, 다행히도 그녀로부터 어떤 적의는 느껴지지 않았다. 그저 불안해하며 경계하고 있는 눈치일 뿐.

'뭔지 모르지만 오해를 풀어 줘야겠군.'

곧바로 샤크는 씩 사람 좋아 보이는 미소를 지으며 말했다.

"아무래도 뭔가 오해가 있는 것 같군. 그보다 일단 검은 좀 치우는 게 어때?"

"다, 닥쳐라! 우, 움직이지 마!"

샤크가 일어나려하자 헤나는 움찔 놀라며 경계하는 표정으로 외쳤다. 그러나 샤크는 자신의 목을 겨눈 그녀의 검을 손으로 슥 밀어내며 일어나 앉았다.

**Chapter 11**

소원을 말해 봐

당황하며 뒷걸음질 치는 헤나를 향해 샤크는 부드럽게 웃으며 말했다.

"이봐, 난 너를 해칠 생각이 없다. 그러니 검은 그만 집어넣어라."

"흥! 대체 넌 뭐지? 왜 이런 곳에서 잠들어 있는 거야? 그것도 알몸으로!"

"알몸?"

그 순간 샤크는 멍한 표정을 지었다. 그렇다. 그러고 보니 당연히 알몸일 것이다. 육체는 재생되었지만, 옷까지 재생되지는 않았을 테니 말이다.

그제야 그는 저 카렌을 닮은 여인이 왜 얼굴을 붉힌 채 자신을 경계하고 있었는지 이해할 수 있었다. 그 스스로도 실소가 나왔다.

'젠장! 옷이 어디 있더라.'

곧바로 아공간을 뒤지려던 샤크는 돌연 어깨를 으쓱했다. 그러고 보니 지금은 아공간을 사용하지 못한다.

아공간을 사용하려면 최소한 일정한 마력이 필요했다. 즉, 그에게 있어서는 무극지기가 있어야 하는데, 이제 막 육체가 재생된 그는 현재 마력은커녕, 내공 한 줌도 존재하지 않는 무력한 상태였다.

즉, 지금은 아공간이 문제가 아니다.

무공 수련을 해야 하는 것이다.

물론 이미 몇 번 해봤기에 어떤 식으로 해야 할 지는 훤했다.

'그 짓을 또 하자니 지겹긴 하군.'

그래도 어쩌겠는가. 앞으로 그는 만상무극심법을 통해 처음부터 무극지기를 쌓아나가야 한다. 그러다 그것이 일정한 경지를 넘어서게 되면, 만상차원심법으로 전환하여 차원력을 흡수할 수 있게 될 것이다.

'이 상태로는 하급 몬스터 하나도 이기지 못하니 서둘러

무극지기를 쌓아야겠구나.'

지금 그는 무공을 전혀 모르는 평범한 인간 청년과 같은 상태다. 따라서 저 눈앞에 경계심을 잔뜩 갖고 있는 카렌을 닮은 여성의 비위를 건드려서도 안 될 것이다. 그녀가 홧김에 그를 푹 찌르기라도 하면 그대로 죽게 될 테니 말이다.

물론 그렇다고 해서 그가 진짜로 죽는 것은 아니다.

다시 1디에스의 시간이 지나면 새로 육체가 재생되며 부활하게 될 테니까.

그러나 가능하면 그런 번거로운 일은 벌어지지 않는 게 좋을 것이다.

그때 헤나가 샤크를 쏘아보며 다시 물었다.

"왜 말을 안 하는 거지? 너의 정체는 뭐야? 그리고 왜 여기서 알몸으로 자고 있었는지 제대로 말을 안 한다면 가만두지 않겠다."

샤크는 대충 대답했다.

"글쎄, 자다 깨보니 이 상태라서 나도 황당할 뿐이다. 아무래도 산적들에게 옷과 짐을 빼앗긴 것 같은데, 무슨 일이 있었는지는 잘 기억이 나지 않는다."

누가 들어도 샤크의 대답은 상당히 어색하게 느껴질 것이다. 그러나 헤나는 왠지 그의 말이 사실인 것처럼 느껴졌다. 그의 눈빛이 워낙 맑았고 거짓말을 하는 것 같지 않았기 때문이다.

"으음…… 그게 정말이야?"

"물론이다. 그보다 혹시 옷 좀 가진 것 있느냐? 이러고 있으니 영 불편해서."

"잠깐 기다려 봐."

헤나는 배낭을 뒤지더니 망토 하나를 꺼내 샤크에게 내밀었다.

"이거라도 걸칠래?"

"고맙다."

샤크는 잽싸게 하체를 망토로 둘렀다. 워낙 장신이다 보니 망토로 몸 전체를 가릴 수는 없어, 아래쪽만 가려야 했다.

물론 그때까지도 헤나는 여전히 샤크에 대한 경계를 늦추지 않았다. 샤크가 그녀와 리닌을 해칠 만큼 위험한 존재는 아니라는 것을 본능적으로 직감하긴 했지만, 그렇다 해도 낯선 남자와 동굴 안에 함께 있다는 사실은 그녀를 긴장하게 만들었다.

쿠르르릉! 우르르르!

쏴아! 쏴아아아—

그 사이에도 폭우는 더욱 거세졌다. 뇌성도 연이어 들려왔다. 아무래도 밤새도록 비는 그칠 것 같지 않았다.

'이럴 때가 아니야. 불을 피워야겠어.'

그녀는 물론 리닌도 비에 젖은 상태다. 낯선 남자로 인해 미처 신경을 쓰지 못했지만 이대로 두면 리닌이 추위로 인해 병이 들 수도 있었다.

획! 휘획―

그녀는 즉시 동굴 밖으로 달려 나가 굵고 얇은 각종 나뭇가지를 잔뜩 주워 왔다.

츠츳!

나뭇가지들은 비에 젖어 있었지만, 대검에 맺힌 오러의 기운은 어렵지 않게 불을 피워 냈다. 그녀는 능숙하게 연기가 안쪽으로 들어오지 못하게 막아 놓은 후, 리닌의 머리를 말려 주었다.

본래라면 옷을 벗어 말려야 하지만, 낯선 남자가 떡 하니 앉아 있으니 그럴 수도 없었다. 그렇다고 그를 밖으로 내쫓을 수도 없는 터라 그냥 불편함을 감수해야 했다.

"배고프지, 리닌?"

"응."

헤나는 곧바로 배낭에서 말린 육포와 마른 치즈 등을 꺼내 리닌에게 건넸다.

짭짭!

그렇지 않아도 배가 고팠던 리닌은 그것들을 맛있게 먹기 시작했다. 그러다 리닌은 자신을 물끄러미 쳐다보고 있던 샤크와 힐끗 눈이 마주쳤다.

샤크가 씩 웃어주었지만, 리닌은 흠칫 놀랐는지 재빨리 고개를 돌렸다. 아무래도 낯선 사내이다 보니 경계하는 눈치였는데, 뭔가 호기심은 생기는지 치즈를 오물거리면서도 간혹 다시 힐끔 샤크를 쳐다보곤 했다.

그런 리닌의 모습이 샤크는 귀엽게 느껴져 계속 시선을 두었다. 그러자 헤나가 힐끗 샤크를 노려보더니, 어쩔 수 없다는 듯 육포 한 조각을 던졌다.

툭.

샤크는 고개를 갸웃했다.

"이게 뭐지?"

"보면 몰라? 육포잖아."

"이걸 내게 주는 건가?"

"먹어 둬. 식량이 많지 않아서 그 이상은 힘들어."

"……."

샤크는 리닌이 귀여워서 쳐다보고 있었는데, 헤나는 샤

크가 배가 고파 리닌이 먹는 모습을 부럽다는 듯 쳐다보고 있었다 생각한 모양이었다.

'거참, 이런 식으로 다 오해를 받는군.'

아무리 그래도 그렇지 샤크가 어찌 어린아이의 음식에 관심을 두겠는가.

샤크는 어이가 없었지만, 헤나가 육포를 나눠 준 것에는 왠지 가슴이 뭉클했다. 그러고 보니 헤나 역시 방금 샤크에게 던진 작은 육포 조각 하나를 입에 오물거리고 있을 뿐이었다.

그렇다. 그녀의 말대로 식량이 충분하지 않은 상태인데도 샤크에게 육포를 나눠 준 것이다.

샤크는 미소 지었다.

"고맙다."

그러고는 육포를 입에 넣고 천천히 음미하듯 씹었다.

우물. 우물.

망토에 이어 육포까지!

연속으로 신세를 지고 있었다.

'외모만 카렌과 비슷한 게 아니라 성격까지 비슷하군.'

헤나는 언뜻 퉁명스러운 듯 보이지만 속으로는 따스한 인정이 있었다. 샤크가 좋아하는 모습이었다.

'무슨 일인지 모르지만 쫓기고 있는 것 같은데……'

샤크는 육포를 먹으며 생각했다. 헤나가 그녀의 처지에 대해 말을 하지 않았지만, 샤크는 한눈에 그녀가 어딘가로 도피 중이라는 사실을 눈치챘던 것이다.

'뭐 신세를 졌으면 갚아야겠지.'

헤나는 아마 상상도 하지 못하리라. 샤크는 자신에게 호의를 베푼 이들에게 반드시 보상을 한다는 것을.

게다가 그때는 마왕의 체면을 걸고 한다.

적어도 받은 것에 수 천 배 혹은 그 이상!

명색이 마왕인데 그 정도는 당연히 해 줘야 하지 않겠는가.

물론 이제는 굳이 마왕이라고 할 것도 없긴 했다. 현재 생성된 신체를 통해 샤크는 자신이 마왕으로서의 숙명을 벗어났음을 상기했기 때문이다.

초월자의 경지에 이르러 차원력을 자유자재로 다룰 때도 여전히 그는 마왕이었다. 아무리 초월자라 한들 그가 태어난 마왕으로서의 숙명에서 벗어난 것은 아니었던 것이다.

그러나 혼돈의 회오리 앞에서 극적으로 이룬 새로운 경지!

그때 그는 수 백여 일루전들이 가진 차원력의 진원들을 모조리 흡수할 수 있을 만큼 놀라운 각성을 이루었을 뿐만 아니라, 그가 가진 숙명의 한계까지 돌파해 버렸다.

그렇다면 지금 그는 무엇일까?

마왕으로서의 숙명에서 벗어났다면 지금 그의 정체는 무엇이라 해야 할 것인가?

물론 마왕은 아니었다.

그냥 샤크 그 자체일 뿐이었다.

그러나 그가 원하면 인간도 될 수 있고, 마왕도 될 수 있었다. 아니, 다른 무엇도 될 수 있는 그런 상태인 것이다.

'이 육체가 완전한 인간의 그것인 걸 보니, 나는 무의식적으로 인간이 되고 싶었나 보군.'

그렇다. 현재 그의 육체는 완벽한 인간이었다. 겉으로만 인간처럼 보이는 것이 아니라 속도 인간인 것이다.

여기서 그가 인간의 육체가 아닌 마왕의 육체를 얻고 싶다면 그냥 죽으면 된다. 죽는 즉시 그의 육신은 소멸되고, 그 후로 1디에스가 지나면 팔찌로부터 그가 원하는 마왕의 육신이 새롭게 생겨날 테니까.

그러나 샤크는 당연히 그럴 생각이 없었다.

물론 마왕의 육체였다면 별다른 수련을 하지 않아도 처음부터 윙 블레이드를 구사할 뿐 아니라, 근력이나 민첩성에 있어서 인간과는 비할 수 없이 강력한 장점은 있다.

육체의 강인함에 있어 마왕체를 따를 것이 뭐가 있겠는

가. 상처가 나도 저절로 아물고, 웬만한 독이나 마법 따위는 통하지도 않을 테니까.

하지만 그것은 처음에만 그럴 뿐이다.

샤크가 만상무극심법을 통해 일정 이상의 무극지기를 쌓게 되면 어차피 육체 능력의 차이는 그리 크지 않게 되는 것이다. 그러다 궁극의 차원력을 운용하는 경지에 이르렀을 때는 마왕체이건 인간이건 상관없이 완벽하게 동일한 능력을 갖게 된다.

물론 그렇다 해도 처음에는 마왕체가 훨씬 편할 것은 분명하다. 특히 앞으로 몇 달 정도는 더더욱.

하지만 그럼에도 샤크는 완벽한 인간의 육체를 가지게 된 자신의 상태에 만족했다. 넘어져서 피부가 찢어지고 칼에 찔리면 쉽게 베이는 연약한 육체라 할지라도 인간이라는 사실이 기분 좋은 것이다.

또한 마왕체였다면 그는 헤나나 리닌을 향해 걷잡을 수 없는 포식자로서의 욕구를 느꼈을 것이다.

아름다운 여성을 보면서도 성욕이 아닌 식욕이 느껴져 그가 얼마나 고통스러워했던가. 그것은 인간의 자아를 가진 마왕으로서 감내해야 할 끔찍한 저주였다. 물론 초월자의 경지에 이르렀을 때는 초탈하게 되었지만 말이다.

그러나 지금은 헤나나 리닌을 잡아먹고 싶다는 포식욕은 전혀 들지 않았다. 헤나의 아름다운 모습을 보며 소년처럼 가슴이 두근거리는 기이한 설렘만 있을 뿐이다.

'하핫, 그러니까 내가 인간이라 이거지. 후후, 왠지 기분이 새롭군.'

그래도 그는 보통의 인간은 아니었다. 초월자로서의 감각은 남아 있기에 생전 처음 듣는 헤나의 메르스 어를 알아들을 뿐 아니라 그녀에게도 자신의 말을 이해시킬 수 있었으니까.

이른바 절대 통역의 능력!

이는 그가 마왕으로 태어났을 때도 있었던 능력이지만, 지금은 그에서 비롯된 것이 아니라 초월자로서 자연스럽게 얻게 된 능력이라 할 수 있었다.

또한 그는 이곳 세계에 대해 소차원(小次元)을 넘어선 대차원(大次元)의 영역에서 파악하는 능력도 있었다.

다만 아직은 그가 깨어난 지 얼마 되지 않았기에 모든 것이 안개가 끼듯 어렴풋하기만 했다. 길어도 한 달 정도가 지나면 그 모든 안개가 걷히고 이곳 세계가 어떤 곳인지 선명하게 파악하게 될 것이다.

지금은 그저 이곳이 환야가 아니라는 것만 확신하고 있

을 뿐이다.

그렇게 샤크가 잠시 상념에 빠졌던 사이 입에 넣어 씹고 있던 육포가 사라졌다. 물론 그냥 사라진 것이 아니라 잘게 부서진 후 목을 넘어 위장에서 소화되고 있는 중인 것이다.

'쩝!'

왠지 아쉬웠다. 아니 확실히 부족하다. 건장한 청년의 육체를 가진 그가 고작 육포 한 조각으로 어찌 만족할 수 있겠는가.

확실히 이것은 그가 인간이라는 사실을 다시 자각케 했다. 마왕일 때는 배가 고프다기보다는 그저 포식자의 섬뜩한 본능에 의해 간혹 마물들을 잡아먹었을 뿐이다. 별미로 곤충 마물을 잡아먹을 때는 그냥 맛있어서 먹었을 뿐이지 꼭 배가 고파서 먹었던 것은 아니었다.

그러나 지금은 정말 미치도록 배가 고팠다. 눈물이 핑 돌 정도로 말이다.

"험!"

샤크는 헛기침을 했다. 그러자 모닥불 앞에서 살짝 졸고 있던 헤나와 리닌이 힐끗 눈을 뜨고 샤크를 쳐다봤다. 샤크가 말을 건넸다.

"내 이름은 샤크라고 한다. 네 이름은 뭐지?"

그러고 보니 아직까지 통성명도 하지 않은 상태라 샤크는 헤나 등의 이름을 모르고 있었던 것이다. 헤나는 갑자기 샤크가 이름을 물어보자 놀란 듯했지만, 별것 아니라는 듯 대답했다.

"헤나."

"저는 리닌이에요."

리닌도 기다렸다는 듯 자신의 이름을 밝혔다. 샤크는 미소 지었다.

"좋아. 헤나, 그리고 리닌. 오늘 너희들에게 내가 큰 도움을 받았으니 이 신세는 꼭 갚도록 하겠다. 혹시 원하는 소원이 있느냐?"

"소원?"

"그래. 뭐든 네가 간절히 원하는 것이 있으면 말해 봐라."

그러자 헤나는 픽 웃었다. 망토 한 장과 육포 한 조각가지고 샤크가 그렇게 거창하게 말하니 우스웠던 것이다. 그리고 신세를 갚겠다는 마음은 가상하게 느껴졌지만, 소원을 말하라는 말은 어이가 없을 뿐이었다.

"흥, 아무래도 육포가 더 먹고 싶은 모양인데 미안하지만 더는 안 되거든."

그 말에 샤크는 움찔했다. 사실 적당히 비위를 맞춰 주고 육포를 한 조각 정도 더 얻어먹을 속셈이었던 것이다.
물론 그녀의 소원이야 당연히 들어주겠지만, 지금으로써
는 육포 한 조각이 더 간절했다. 하다못해 치즈 한 조각이
라도 말이다.

하지만 속이 들통 났으니 이를 어쩌나. 그렇다고 그런 내
색을 할 수도 없었다. 샤크는 짐짓 담담히 미소 지으며 물
었다.

"육포를 더 달라는 것이 아니다. 그냥 네가 원하는 소원
을 말해 보라는 것이지. 그렇군. 너와 리닌의 소원을 한 가
지씩 들어주도록 하마."

"호호호!"

순간 헤나는 더 이상 참을 수 없다는 듯 크게 웃었다. 그
러다 웃음을 뚝 그치며 샤크를 노려봤다.

"내가 소원을 말한다 치자. 정말로 그걸 네가 들어줄 수
있다는 거야?"

"물론이다. 협의에 어긋나지 않는 것이라면."

"협의?"

"그러니까, 사악한 목적이 아니라면 뭐든 이루어주겠다
는 뜻이다."

"하! 그러셔?"

헤나는 전혀 믿는 기색이 아니었다. 하긴 산적에게 옷과 짐을 빼앗기고 알몸으로 동굴에서 자고 있다 말한 샤크에게 뭘 기대할 수 있겠는가. 샤크 또한 그 사실을 알고 있었기에 무안해하는 표정을 지었다.

"속는 셈치고 그냥 한 번 말해 봐라. 소원을 말한다고 그게 닳아 없어지는 것도 아니지 않으냐?"

그건 그렇다. 헤나는 샤크의 말이 터무니없긴 했지만, 굳이 소원을 말하지 못할 것은 없다는 생각도 들었다.

그러나 막상 소원을 말하자니 뭘 말해야 할지 잘 떠오르지 않았다.

솔직히 소원이야 어찌 없겠는가. 저 빌어먹을 칼드 제국이 멸망했으면 하는 것도 그녀의 소원 중 하나라 할 것이다.

하지만 그녀 스스로도 알고 있다. 그것이야말로 얼마나 터무니없는 생각임을. 아무리 장난스레 소원을 말한다 해도 현실적으로 이루어지기 불가능한 일을 말하는 건 무의미한 짓인 것이다.

따라서 그녀는 지금 그녀에게 가장 간절하면서도 잘하면 현실적으로 이루어질 수도 있을 법한 소원을 말했다.

"난 다른 것 필요 없어. 그냥 리닌과 크리오스 왕국에 무사히 도착할 수만 있다면 좋겠어. 칼드 제국의 수많은 몬스터 병사들을 뚫고 가기란 쉬운 일이 아니거든."

"음, 그렇군."

샤크는 고개를 끄덕였다. 그는 그렇게 살짝 고개를 끄덕였을 뿐인데 그 순간 헤나는 이상한 기대감이 들었다. 왠지 방금 말한 그녀의 소원이 아주 쉽게 이루어질 것 같다는 기대감 말이다.

'하하, 말도 안 되는 생각이야.'

그녀는 그런 이상한 기대를 품은 자신이 어처구니없게 느껴졌다. 그때 샤크는 리닌을 바라보며 물었다.

"리닌, 네 소원은 무엇이냐? 괜찮으니 뭐든 이루어졌으면 하는 게 있으면 한 번 말해 보아라."

그러자 리닌은 두 눈을 초롱초롱 빛내더니 잠시 생각에 잠기는 듯했다. 헤나와 달리 아직 어린아이인 리닌은 샤크가 소원을 말해 보라는 말에 매우 진지한 고민을 하고 있었던 것이다.

그래서일까? 샤크 또한 리닌의 입에서 어떤 소원이 나올지 궁금했다. 그런데 리닌은 한참을 고민 끝에 고개를 흔들었다.

"지금은 생각이 안나니 나중에 말해도 될까요?"

"물론이다. 언제든 소원이 생각나면 말하거라."

"호호, 알았어요."

리닌은 신이 난 듯했다. 그 모습을 보고 헤나는 미소 지었다. 비록 허풍이 심한 샤크의 말이었지만, 리닌이 좋아하는 모습을 보자 그녀 또한 기분이 유쾌해졌던 것이다.

"정 배가 고프면 이거라도 마셔."

곧바로 그녀는 샤크에게 물병을 건넸다. 가죽 물병에는 물이 반쯤 차 있었다.

"고맙군."

샤크는 물을 한 모금 마신 후 물병을 돌려줬다. 헤나가 물병의 마개를 채우며 말했다.

"더 이상 할 말이 없다면 그만 저리 가줄래? 그리고 우린 잠을 자야 하니 깨우지 마. 내일 새벽 일찍 출발해야 하거든."

그 말과 함께 헤나는 리닌을 푹신한 담요 위에 재웠다. 그리고 그녀는 대검을 가슴에 안은 채 벽에 기대 눈을 감았다.

그러다 돌연 눈을 번쩍 뜨고 샤크를 노려봤다.

"참고로 쓸데없는 생각은 하지 않는 게 좋을 거야. 목이 날아가고 싶지 않다면."

무슨 쓸데없는 생각을 말하는 건가? 샤크가 멍한 표정을 지었지만 그 사이 그녀는 다시 눈을 감아 버렸다.

'성격하고는. 정말로 카렌을 보는 것 같군.'

샤크는 픽 웃고는 헤나와 리닌의 수면에 방해가 되지 않도록 멀찌감치 떨어진 곳으로 이동해 가부좌를 틀었다.

'후, 그러면 이제 시작해 볼까?'

만상무극심법! 그가 창안한 가장 완벽한 심법이다. 엄밀히 말하면 이와 비할 수 없이 강력한 만상차원심법도 존재하지만, 그 또한 만상무극심법에서 비롯된 것이라 할 수 있으리라.

그리고 어렴풋하지만 혼돈력의 실체에 대한 눈도 뜬 샤크다. 그것이 차원력과는 비할 수 없이 강력하다는 사실은 확인했고, 덕분에 샤크의 경지도 한 단계 상승했으니까.

물론 혼돈력을 자유롭게 다룰 수 있는 경지는 아직 요원했다. 또한 그것은 지금 고민할 것도 아니었다. 추후 차원력과 관련된 모든 힘을 다 얻은 이후에나 고민해볼 문제인 것이다.

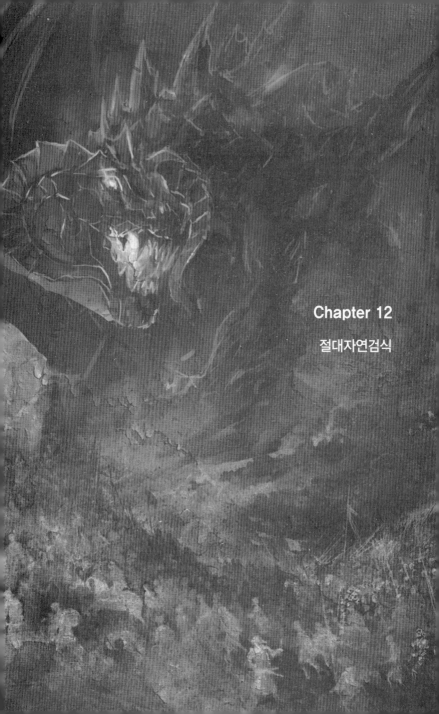

# Chapter 12

절대자연검식

눈을 뜨니 아직 별이 총총히 빛나는 새벽이었다. 다행히 비는 그쳐 있었다. 헤나는 여전히 모닥불이 따뜻하게 타고 있는 것을 보고 고개를 갸웃했다.

본래 지금쯤이면 불이 꺼지고 타다 남은 재로부터 미미한 온기만 느껴져야 정상인 것이다. 그런데 불이 여전히 살아 있었다. 그것도 너무 뜨겁지도 않고 아주 적당하게. 마치 누군가 모닥불을 관리하기라도 한 듯했다.

'설마 샤크가?'

헤나는 혹시 저 동굴 안쪽에서 이상한 자세로 앉아 있는 샤크가 모닥불을 새로 피운 것 아닐까 하는 생각이 들었지만, 다시 생각해 보니 그럴 리가 없었다.

그런 인기척이 있었다면 그녀가 깨어나지 않았을 리가 없었던 것이다. 아주 미세할 지라도 그녀의 이목을 속일 수는 없었다. 암살자들이 은밀하게 다가와 암습을 가하는 것도 눈치채는 그녀였다. 모닥불을 만지는 기척쯤을 어찌 모르겠는가.

게다가 모닥불을 이룬 나무들의 배치는 그녀가 해 놓은 그대로였기에 샤크가 새로 모닥불을 만진 것이 아니란 것도 증명이 됐다.

그런데 마치 새 나무를 가져다 놓기라도 한 듯 모닥불이 지금껏 타고 있을 줄이야.

'이상한 일이군.'

헤나는 길게 기지개를 켰다. 여전히 모닥불에 대해서는 궁금했지만, 더 이상 신경 쓰지 않기로 했다.

살다보면 간혹 이해가 안 되는 일이 벌어질 때도 있다. 그런 걸 일일이 다 이해하려고 하다 보면 머리가 터져 버릴 것이다.

그보다 덕분에 아주 잘 잔 것 같았다. 그리고 어젯밤 잠들기 전까지만 해도 심하게 시큰거리던 허벅지의 통증도 감쪽같이 사라진 터였다.

'상처가 의외로 크지 않았나 봐.'

그럴 리가 없다는 사실을 그녀도 잘 알았다. 아무리 포션을 발랐어도 며칠 이상 통증으로 고생을 해야 했어야 했다는 것도.

그런데 완전히 나아버렸다. 이 또한 모닥불이 꺼지지 않았던 것처럼 신기한 일이었다. 밤사이 무슨 천사라도 나타났던 것일까?

'모르겠다.'

곧바로 일어난 그녀는 동굴 밖으로 나가 가볍게 몸을 풀었다. 그리고 대검을 휘두르며 갖가지 동작을 취했다.

휙! 파팟! 파파팟—

백색의 대검이 길게 원을 그리기도 했고 빠르게 여러 개의 직선을 만들어 내기도 했다. 그녀는 숨이 찰 때까지 동작을 반복한 후에야 비로소 이른 새벽의 검술 수련을 마쳤다.

번거롭긴 하지만 이렇게 기상 시에 몸을 풀어놓지 않으면 유사시 제 실력을 발휘할 수 없기 때문에, 급하게 이곳을 떠나야 하는 상황에도 수련을 멈추지 않은 것이다.

그 사이 리닌도 깨어나 기지개를 펴고 있었는데, 샤크는 아직도 동굴 안쪽에서 이상한 자세로 앉아 있었다. 헤나는 그를 보며 고개를 갸웃했다.

'뭘 하고 있는 걸까?'

그녀는 샤크가 잠을 자고 있는 건지 아니면 그냥 눈을 감고 명상을 취하고 있는지 알 수 없었다.

"리닌, 그만 떠나도록 하자."

"응, 근데 샤크 아저씨는 어떻게 해?"

"글쎄! 그건 그가 알아서 하겠지."

헤나는 샤크가 왠지 걱정되긴 했지만 그녀로서는 리닌 하나를 보호하기에도 벅찼다. 샤크가 몬스터 하나도 당해내지 못하는 약골이라 판단했기에 그까지 보호할 수는 없다 생각했다.

그래서 그녀는 어쩔 수 없다는 듯 리닌의 손을 잡아끌고 밖으로 나가려했다. 그런데 샤크가 때마침 눈을 뜨더니 벌떡 일어나는 것이 아닌가.

"잠깐! 나도 같이 가겠다."

그러고는 마치 당연하다는 듯 헤나와 리닌의 뒤를 따랐다. 헤나는 힐끗 그를 노려봤다.

"왜 따라오려는 거지?"

"그러면 안 되는 건가?"

"흥! 물론이지. 이제부터 우린 각자 제 갈 길을 가는 거야. 난 너까지 보호할 마음은 없거든."

그 말에 샤크는 씩 웃었다.

"네가 날 보호할 필요는 없어. 내 몸은 내가 지킨다."

"그러든가 말든가."

헤나는 샤크가 스스로를 지킬 수 있다는 말이 그저 가소롭게만 느껴졌다. 물론 그녀는 샤크가 가진 완벽한 근육질의 몸을 보고는 잠시 그가 상당한 수련을 거친 전사가 아닐까 의문을 품기도 했다.

그러나 그렇다면 뭔가 기세가 느껴져야 정상인 것이다. 설령 마나를 다룰 줄 모른다 해도 전사로서의 투기는 있을 테니까.

하지만 샤크에게는 아무런 기세도 느껴지지 않았다. 그의 눈부신 외모와 달리 그의 신체적 능력은 매우 평범해 보였다. 그런 그는 그녀에게 짐이 될 뿐이었다.

"어서 가자, 리닌."

"응."

리닌은 헤나의 말에 고개를 끄덕이고는 잠시 걸었다. 그러다 리닌은 힐끗 고개를 돌려서 샤크가 뒤를 따라오는 모습을 보고는 헤헤 웃었다.

"샤크 아저씨, 따라온다."

"그는 신경 쓰지 마, 리닌."

헤나는 리닌의 손을 끌고 빠르게 걸었다. 그녀는 샤크가 부담스러웠지만, 그를 강하게 쫓아내지 못하는 자신이 이해가 되지 않았다.

본래라면 검을 휘둘러서라도 그가 따라오지 못하게 했을 것이다. 그런데 지금은 그저 그가 알아서 떠나길 바라고 있었다.

아니, 엄밀히 말하면 그가 떠나기를 원하는 것이 아니라 따라오기를 바라고 있는 지도 모른다.

하지만 이러다 몬스터가 나타나기라도 한다면? 교활하고 잔인한 칼드 제국의 몬스터 병사들은 숲 도처에 포진해 있다.

'나도 몰라. 그땐 그가 스스로 자신의 몸을 지키기 바라는 수밖에.'

그가 큰 소리 친 만큼 몬스터 하나라도 당해 낼 수만 있다면 좋을 것이다. 그 정도만 해 줘도 그녀에게 큰 힘이 되어 줄 테니까.

그렇게 잠시 걸었을까?

그녀가 그렇게 우려하던 일이 벌어지고 말았다. 마치 헤나 일행을 기다리고 있기라도 하듯 카치카 병사 십여 마리가 앞을 가로막았던 것이다.

정확히는 16마리.

헤나가 전력을 다한다 해도 혼자서 모두 쓰러뜨리기란 쉬운 일이 아니었다. 더구나 지금은 리닌이 옆에 있고, 그 못지않은 짐 덩어리인 샤크가 함께 있는 상황이었으니까.

'과연 내가 이길 수 있을까?'

헤나는 입술을 깨물었다.

"샤크! 리닌을 데리고 최대한 멀리 도망가. 그래야 내가 안심하고 싸울 수 있어."

"일단은 그렇게 하지."

샤크는 리닌을 번쩍 품에 안고 뒤쪽으로 물러났다.

밤새 만상무극심법을 운용한 덕분에 그는 약간이나마 무극지기를 몸에 쌓았다.

그러나 고작 하룻밤 사이에 쌓은 무극지기로는 아직 쓸 만한 전투력을 발휘하기란 불가능했다. 무기라도 있다면 모를까 맨 손으로는 아마 카치카 하나를 당해 내기 힘들 수도 있었다.

이는 그의 몸이 마왕체가 아닌 인간이기 때문이었다.

만일 마왕체였다면 미량의 무극지기만 축적되어도 엄청난 위력을 발휘했을 것이다. 심지어 소마왕 시절에는 무극지기가 없는 상태에도 상급 마물을 해치우기도 했으니 말이다.

'인간이 확실히 초반에 약하긴 하지.'

이럴 땐 인간이란 사실이 답답하긴 하다. 그러나 그래서 인간의 삶이 의미가 있는 것이다. 끝없는 약함 속에서 그것을 극복하고 강해지는 과정을 겪어야 하니까.

'하지만 약하다고 꼭 지는 건 아니지.'

전투의 승리는 단순히 물리적인 능력의 우위로만 결정되지 않는다. 오직 승자존(勝者存)의 법칙이 지배하는 전쟁에서는 더더욱 그렇다.

샤크는 전쟁의 귀재다.

아직 무극지기가 미량만 존재하고 쓸 만한 무기가 없으며, 그의 신체가 가진 완력이 그리 대단하지 않은 상태라지만, 전생에서 아니, 이제는 전전생(前前生)이라 해야 할지도 모르겠지만, 가히 고금제일인이라 불리던 광협 백룡이 바로 그가 아니던가.

게다가 전생이라 볼 수도 있는 환야에서는 그곳에 존재하는 모든 일루전의 초월자들 중 태반 이상을 무참히 죽여버리기도 한 그다.

그런 그가 설령 내공이 한 줌도 없다 해도 어찌 저따위 카치카들을 당해 내지 못하겠는가.

무기가 없다면 주변의 모든 걸 이용하면 된다. 나무와 돌, 흙, 풀, 심지어 공기까지도 이용한다. 전전생에서 그가 마교주 위지상을 가볍게 꺾어버렸던 절대자연검식(絕代自然劍式)이 바로 이 같은 깨달음에서 창안 되었다.

물론 추후에 그보다 더 강력한 만상무극검법을 창안하기도 했지만, 절대자연검식만 해도 사실상 무적이었던 것이다.

'절대자연검식은 검으로만 펼치는 것이 아니지.'

샤크는 리닌을 두꺼운 나뭇가지 위쪽에 조심스레 올려놓았다. 근처에 크고 작은 나뭇가지들이 가리고 있어 도끼가 날아온다 해도 안전한 장소였다.

"너는 이곳에 있거라, 리닌."

"예, 아저씨."

리닌은 지금 이 상황이 무서웠지만 침착하게 따랐다. 그런 리닌의 모습을 보고 샤크는 미소 지었다.

"무섭지 않으냐?"

"무섭지만 참을 수 있어요."

리닌은 염려 말라는 듯 애써 미소까지 지어 보였다. 샤크는 리닌의 머리를 쓰다듬으며 말했다.

"잠시 눈을 감고 있어라. 깨어나면 모든 게 끝나있을 거다."

그 말과 함께 샤크는 리닌의 수혈을 살짝 짚어 잠들게 했다. 이제 잠시 후에 펼쳐질 장면들은, 어린 소녀인 리닌이 아무리 침착하다 해도 참아내지 못할 만큼 끔찍한 것들이기 때문이다.

슥, 스슥, 툭! 투툭!

샤크는 바쁘게 움직였다. 양손으로 근처의 큼직한 바위와 돌멩이들을 집어 일정 간격으로 배치했다. 흙더미, 수북이 쌓인 나뭇잎, 부러진 나뭇가지, 질긴 넝쿨들까지 그의 손을 거쳐 갔다.

"키키키! 죽어랏, 인간!"

"크카카캇! 발악해 봤자 소용없단다, 인간 여자. 나는 오늘 네년의 살코기와 피로 배울 채울 것이다."

"흥, 닥쳐!"

그 사이 헤나와 카치카들의 치열한 격전이 벌어지고 있었으나 샤크는 계속해서 여러 사물들을 가져다 원하는 장소에 배치했다.

그러고는 조용히 눈을 감은 후 간밤에 축적한 무극지기를 끌어올렸다.

츠츳―

순간 사방이 정적에 휩싸였다. 몬스터 병사들의 거친 포효

소리도 헤나의 기합 소리도 사라지고 사방이 고요해졌다.

물론 이것은 샤크의 귀에만 그렇게 들릴 뿐이었다.

그와 동시에 사방에 지저분하게 던져 놓은 바위와 넝쿨, 나뭇가지 등에서 일제히 환한 빛이 뿜어져 나왔다.

그 또한 샤크의 눈에만 그렇게 보였다.

그리고 그것이 바로 일체화 과정이었다. 그가 지정한 사물들과의 일체화! 이로써 절대자연검식을 펼칠 수 있게 되었다.

'이렇게 싸우는 것도 당분간일 뿐이다.'

무극지기가 조금 더 쌓이면 절대자연검식을 이런 식으로 번거롭게 펼칠 필요가 없다. 가느다란 나뭇가지 하나만 그의 손에 쥐어진다 해도 그것이 절세의 보검과 같은 능력을 발휘할 것이니, 저따위 카치카들 십여 마리 정도는 단번에 토막을 내버릴 수 있으리라.

그렇게 샤크가 아주 특별한 방식으로 절대자연검식을 펼칠 준비를 마치는 사이 헤나는 피투성이의 처참한 지경에 처해 있었다.

그녀의 검에 죽임을 당한 카치카는 불과 셋 뿐.

반면에 헤나는 양쪽 팔뚝과 손목에서 피가 쏟아지고 있었다. 그녀는 이제 대검을 흔들 힘조차 남아 있지 않았다.

"키킥! 어디서부터 먹어 줄까?"

"키히힛! 심장은 내게 양보해라."

"큭큭큭! 그럼 머리통은 내꺼야."

그녀는 키득거리며 다가오는 카치카들을 보며 아득한 절망을 느꼈다. 역시나 무려 16마리나 되는 카치카들을 혼자서 상대하기란 역부족이었다.

'끝장이야.'

정말로 끝장이었다. 이대로라면 그녀는 꼼짝없이 죽게 될 것이다. 카치카들은 그녀의 육체를 우걱우걱 뜯어먹을 것이다. 그녀의 심장과 피, 모든 살들은 카치카들의 맛좋은 간식거리가 되어 버릴 것이다.

그런 끔찍한 꼴을 목격하다 죽느니, 차라리 혀를 깨물고 죽어버리는 것이 나으리라.

그러나 헤나가 이를 악물고 버티는 이유는 샤크가 로닌과 함께 최대한 멀리 도망갈 시간을 벌어주기 위함이었다. 자신은 이렇게 죽을지라도 딸 로닌만은 살리고 싶어서였다.

'로닌을 부탁해, 샤크.'

사실상 생면부지나 마찬가지인 샤크에게 로닌을 부탁한다는 것이 우습긴 했다. 그리고 그녀가 죽고 나면 약골에 불과한 샤크가 로닌을 얼마나 보호할 수 있을지도 의문이었다.

그렇다 해도 지금 그녀로서는 샤크가 최대한 멀리 로닌을 데리고 달아나 주기를 바랄 뿐이었다.

그러나 그런 그녀의 기대는 순식간에 깨지고 말았다. 멀리 이동한 줄 알았던 샤크가 뒤쪽에 나타나 그녀에게 손짓을 하고 있었으니까.

"헤나! 이쪽으로 달려와라."

그 말에 헤나는 가슴이 철렁 내려앉고 말았다. 샤크가 저곳에 있다면 로닌은?

'아…… 다 틀렸어.'

제발 멀리 가주길 바랐는데 왜 말을 듣지 않는 것일까? 그녀는 샤크가 무척 원망스러웠지만 지금은 그를 원망할 기운조차도 없었다. 그대로 맥이 풀려 쓰러질 지경이었던 것이다.

그러자 샤크가 다시 외쳤다.

"로닌을 고아로 만들고 싶다면 그곳에 계속 있도록 해라. 네가 죽으면 로닌은 내가 돌봐주도록 하겠다."

"고, 고아라고……?"

그 말에 무슨 신비한 이끌림이라도 있는 것일까? 헤나는 그대로 샤크가 있는 곳을 향해 후다닥 달렸다. 심지어 웬만

해서는 손에서 놓지 않는 대검까지도 집어던지고.

"큭큭! 감히 도주를! 어림없다!"

"키키키! 어딜 달아나느냐, 인간 여자?"

카치카들이 즉시 쫓아왔다. 그리고 그들은 어렵지 않게 헤나를 따라잡았다.

그런데 다행히도 그때 헤나는 샤크가 준비해 놓은 진(陣)의 반경 안으로 들어온 후였다. 당연히 그녀를 쫓아온 카치카들도 반경 안에 위치했다.

퍽—

"쿠억!"

그때부터 시작이었다. 헤나의 머리를 도끼로 내리찍으려던 카치카의 머리를 큼직한 돌멩이가 날아가 강타했다.

퍽! 퍼퍽!

연이어 세 개의 돌멩이가 날아가 카치카들의 머리와 손목 등을 강타했다. 모두 헤나를 덮치려고 근접해 있던 카치카들이었다.

그렇게 네 마리의 카치카들이 난데없이 날아든 돌멩이에 의해 나뒹굴자 헤나는 어안이 벙벙했다.

어디서 날아온 돌멩이일까?

설마 샤크가?

그러나 이상하게도 샤크의 모습은 보이지 않았다. 아까 그녀에게 어서 오라며 외칠 때만 해도 선명히 보였던 샤크가 그 사이 어디로 사라졌는데 도무지 그의 종적을 찾을 수가 없었던 것이다.

그러다 그 순간 헤나는 믿기 어려운 광경을 보았다.

퍽! 으직!

"케엑!"

바닥을 나뒹굴던 카치카들이 비틀거리며 일어나려 하자 그것들의 머리만 한 크기의 바윗덩이들이 날아와 그것들을 연속으로 후려치기 시작했다.

쾅! 콰쾅!

으직! 으지지직!

바윗덩이들은 카치카들의 머리를 사정없이 내리찍었다.

"쿠아악!"

"끄아아악!"

네 마리의 카치카들은 머리가 깨지다 못해 일부 함몰된 상태로 죽었다.

그러나 그 사이 다른 카치카들에게도 재앙이 임하고 있었으니.

동료들이 당하자 도끼를 휘드르며 달려오던 카치카 중

하나의 눈에 나뭇가지가 턱 날아가 박혔던 것이다.

어떻게 나뭇가지가 날아가 눈에 박힐 수 있을까? 화살이라면 이해가 되는데, 나뭇가지가!

퍽퍽퍽! 퍼퍽!

"크아악!"

눈알이 뽑혀 나오고 피가 사방으로 튀었다.

그야말로 꿈에 보기에도 무서운 광경!

그런 카치카의 머리통을 다시 그것들의 머리만 한 바윗덩이가 연거푸 날아와 사정없이 들이박았으니!

쾅쾅! 콰콰쾅!

그 모습은 마치 보이지 않는 뭔가가 바위를 들고 카치카의 머리를 내리찍는 것 같았다.

"쿠아아악!"

급기야 그 카치카 역시 처참하게 머리가 깨져 죽었다. 그러자 그 끔찍한 불행은 다른 카치카를 향했다.

퍼퍽! 으지직!

돌맹이가 날아들어 눈알을 터트리고 심지어 콧구멍으로 파고들었다.

"꾸아아아악!"

그는 처참한 비명을 지르다 쓰러졌다. 이 기괴한 상황카치카들은 제정신이 아니었다.

"카아아악! 카아악!"

그 사이 또 하나의 카치카가 비명을 질렀다 이번에는 넝쿨이 그의 목을 휘감아 위로 끌어올린 것이다. 숨이 막혀 비명을 지르는 그의 몸통을 커다란 통나무가 날아와 후려갈겼다.

퍼억! 퍼퍼퍽—

"꾸억!"

카치카가 혀를 길게 빼물고 죽었다. 그러자 다른 카치카들의 안면이 짙은 공포심으로 물들었다. 적은 보이지 않고 아군은 계속 죽어가니 그들이 패닉 상태에 빠지는 것은 당연했다.

이대로라면 모두 전멸이다. 그들은 전의를 상실하고 말았다.

"으으! 여기를 벗어나라!"

"서, 서둘러라."

카치카들은 다급히 왔던 방향으로 도주하려 했다. 그러나 그들은 몇 걸음 달리지도 못하고 그대로 넘어지고 말았다.

그들의 다리를 넝쿨이 칭칭 감고 있었기 때문이다. 심지어 넝쿨들은 뱀처럼 그들의 몸을 휘감아 오르더니 목을 조이기도 했다.

"크득! 당황하지 말고 넝쿨을 잘라내라!"

"도끼를 휘둘러라!"

카치카들은 기를 쓰고 도끼를 휘둘러 넝쿨을 끊어냈지만, 그 사이 그들을 향해 다시 나뭇가지와 바윗덩이들이 우악스럽게 날아들었다.

퍽! 으직!

"쿠아아악!"

"케엑!"

카치카들은 무력하게 죽어갔다. 어느새 13마리의 카치카들 중 살아남은 건 고작 두 마리뿐이었다. 대체 적이 보여야 싸우기라도 할 것 아닌가?

"크으으! 하, 항복한다. 살려 줘라!"

"제, 제발 살려 줘!"

살아남은 두 카치카들은 덜덜 떨었다. 그들은 이 알 수 없는 섬뜩한 적에게 감히 대항할 엄두도 내지 못했다. 그래서 무기를 내던진 후 두 팔을 위로 올린 채 항복 자세를 취했다.

촤악! 촤악!

그러자 어디선가 날아든 넝쿨들이 그들의 몸을 꽁꽁 묶

어 버렸다. 그와 동시에 그들의 앞에 한 청년이 나타났다.

싸늘한 미소를 흘리고 있는 은발 청년. 그는 물론 샤크였다.

"샤크!"

헤나는 지금 이 상황이 꿈인가 싶었다. 넝쿨에 묶인 두 마리의 카치카 병사를 제외하고 나머지는 모두 죽은 상태다. 부상자도 없었다. 즉사! 그것도 매우 토하고 싶을 만큼 끔찍한 상태로 죽었다.

"서, 설마 네가 한 짓이야?"

헤나는 카치카들의 사체들을 가리키며 질린 표정으로 물었다. 샤크는 대답 대신 어색하게 웃었다. 그러고는 근처의 나무 위에 잠들어 있는 리닌을 가리켰다.

"그보다 지금은 리닌을 데리고 잠시 저쪽에 가 있는 게 어때? 잠시 후면 리닌이 깨어날 텐데 녀석에게 이 끔찍한 모습을 보여 주고 싶은 건 아니겠지?"

"응? 아, 그래. 알았어."

비로소 리닌이 무사하다는 것을 알게 된 헤나의 안색이 환해졌다. 이 모든 의문보다 그녀에게는 리닌이 우선이었다. 샤크의 말대로 하는 것이 좋다는 판단에 재빨리 리닌을 안고 이 끔찍한 참상의 장을 벗어났다.

'쯧.'

샤크는 바닥에 널브러진 카치카들의 참혹한 사체들을 보며 혀를 찼다. 확실히 그가 봐도 끔찍하긴 했다. 하지만 그로서는 어쩔 수 없었다. 그가 가진 미량의 무극지기로는 강력한 위력을 발휘하기 힘들어 각종 도구(?)를 활용하다 보니 이런 사태가 벌어진 것이다.

하다못해 검이나 도끼와 같은 것을 일체화했다면 좀 더 깔끔하게 해치울 수도 있었겠지만, 급하게 그가 마련한 것들로는 이것이 최선이었다.

'후후, 어쨌든 이겼으니 된 것 아닌가?'

지저분하게 이겼던 깔끔하게 이겼든, 이기는 것이 중요한 것이다. 패자(敗者)들은 죽었고 승자는 살았으니까.

물론 아직 패자들 중에 살아 있는 이들은 있었다. 그들 스스로 살아 있는 것이라기보다는 샤크가 일부러 살려 둔 것이었지만.

스윽.

샤크는 근처에 떨어져 있는 나뭇가지 중에서 가장 굵은 것을 하나 주워들었다. 그러고는 넝쿨로 묶여 있는 카치카 포로들을 향해 걸어갔다.

씩.

샤크의 입은 잔잔하게 미소를 짓고 있었지만 그의 두 눈은 차갑기 이를 데 없었다. 어찌 인간의 눈에서 저리 섬뜩한 한기가 쏟아져 나온다는 말인가?

카치캬들은 샤크가 마치 마왕처럼 느껴졌다. 마물 몬스터인 그들이 세상에서 가장 두려워하는 존재인 마왕 말이다.

그들이 어찌 짐작이나 하겠는가. 샤크가 비록 마왕의 숙명에서 벗어났지만, 한때 마왕 중에서도 가장 강한 존재였음을.

따라서 그가 비록 지금은 인간이지만, 그로부터 뿜어져 나가는 무형의 기도는 마물들을 오금에 떨게 만들기 충분했다. 특히나 지금처럼 꽁꽁 묶여 도주도 못하는 상태이니, 그 공포심은 말할 수조차 없으리라.

그런 그들을 향해 샤크는 나직하게 말했다.

"일단 맞고 시작하자."

맞고 시작하다니. 대체 뭘 시작한다는 건가? 아니, 그보다 왜 맞아야 하는 건가?

카치카들은 물론 자신들이 포로이니 그가 죽이든 살리든 어쩔 수 없다 생각은 했지만, 뜬금없이 맞고 시작하자는 말에는 의문을 품지 않을 수 없었다.

그러나 샤크가 들고 있는 굵디굵은 나뭇가지가 그들의

몸을 사정없이 후려치기 시작하자 모든 의문은 사라졌다.

퍼퍼퍽! 파파팍!

"케에엑! 켁! 사, 살려…… 쿠아악!"

"으퀵! 캬악! 카아악!"

의문이 풀린 것이 아니라 의문 따위를 품을 만한 정신이 없었던 것이다. 생각의 속도보다 나뭇가지가 날아드는 속도가 더 빨라서일 것이다.

퍼퍼퍼퍽! 파팍!

누군가 멀리서 이 장면을 본다면 그야말로 감탄하지 않을 수 없으리라. 샤크의 나뭇가지가 두 마리의 카치카들을 향해 아주 공평하게 후려치고 있었으니까.

다시 말해 누구 하나 덜 맞거나 더 맞는 것 없이 아주 공평하게 맞는다는 뜻이었다. 오죽하면 카치카들이 맞으면서도 감탄할 정도였다.

그들이 어찌 짐작이나 할 수 있겠는가. 이것이 바로 샤크가 창안한 절학 중의 하나인 백룡구타술이라는 것을.

심지어 그 심오함으로 따진다면 백룡구타술이 절대자연검식보다 한 수 위라 할 수 있었다.

퍼퍽! 퍼퍼퍽!

"쿠아악!"

"켁!"

매타작은 한동안 계속 됐다. 카치카들은 결국 혼절했다. 샤크는 숨을 몰아쉬었다.

"이 짓도 오랜만에 하니 꽤 힘들군."

생각해 보니 너무 무리를 했다. 그는 인간으로 태어난 지 아직 하루도 지나지 않았고, 그나마 약간 쌓였던 무극지기도 절대자연검식을 펼치느라 대부분 소모했다. 당연히 백룡구타술을 펼치는 것도 쉬울 리가 없었다.

"더 이상은 안 되겠다."

샤크는 삭신이 쑤셔오자 나뭇가지를 내던지고는 아쉽다는 듯 말했다.

"제법 운이 좋은 녀석들이군. 본래는 이보다 최소 열 배는 더 맞아야 끝났을 텐데 말이야."

그 정도는 되어야 백룡구타술의 기본이라 할 수 있었다. 그리고 실제로 전전생이나 전생에서 샤크의 백룡구타술에 당했던 이들은 그만큼 맞은 것이 사실이었다.

그러나 지금은 체력의 한계로 인해 이 정도에서 끝내기로 했다. 하긴 그 전에 절대자연검식에 의해 적당히 공포심을 느꼈으니, 대충 이 정도만으로도 용하술(用下術)이 발동되기에 충분할 성은 싶었다.

용하술의 기본은 그가 말을 하지 않아도 알아서 척척 하는 데 있었다. 과연 그의 용하술은 녹슬지 않았을까?

'이제 깨어날 때가 되었는데?'

샤크는 혼절해 있는 카치카들을 팔짱을 낀 채 노려봤다. 아니나 다를까, 그가 예상한 딱 그 시간에 카치카들이 몸을 진저리치더니 두 눈을 번쩍 떴다. 그러다 샤크를 보고는 기겁하며 신음성을 발했다.

"크헉!"

"흐으억!"

그야말로 꿈에 볼까 두려운 존재. 칼드 제국의 황제보다도, 드래곤들보다도 두려운 존재! 그가 바로 그들 앞에 서 있었다.

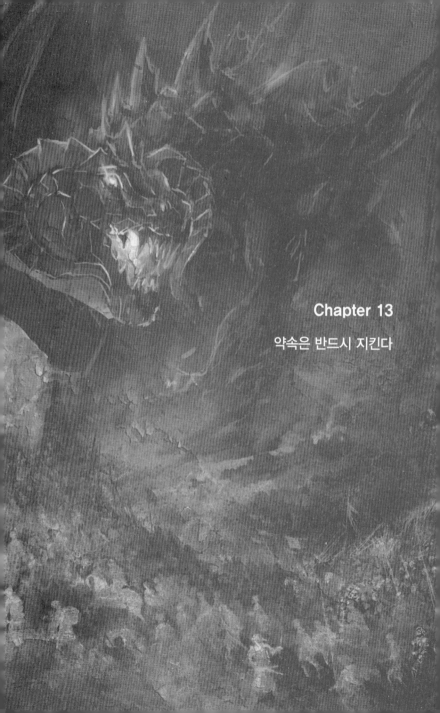

**Chapter 13**

약속은 반드시 지킨다

샤크는 공포에 질려 있는 카치카 포로들을 다시 슥 노려
봤다.

"마, 말하겠습니다."

"저도 말하겠습니다!"

그러자 카치카들이 앞 다투어 입을 열었다. 샤크가 아무
것도 묻지 않았는데 다짜고짜 말하겠단다.

대체 뭘 말하겠다는 건가?

그러나 이것이야말로 샤크가 의도한 바가 아니었던가.
그의 용하술이 제대로 발동되었다면 그가 아무 말을 하지
않아도 알아서 술술 말해야 정상인 것이다.

만일 여전히 입을 다물고 있다면 아직 매가 부족한 것이라, 번거롭더라도 백룡구타술을 다시 펼쳐야 한다.

다행히 카치카들은 더 이상의 매가 필요 없는 듯했다. 각자가 알고 있는 모든 것을 술술 불기 시작했으니까.

"저는 칼드 제국 제 13군단 휘하 수색 47조 소속으로, 군단장님은 드래곤 루켈다스 님이십니다. 저희들은 이곳 아트리아 숲을 지나 크리오스 왕국으로 향하는 반역자들을 소탕하는 임무를 띠고 있습니다……."

"크리오스 왕국은 칼드 제국에 대항하는 유일한 왕국으로 르메스 대륙에서 칼드 제국을 싫어하는 이들이 모여 있는 곳입니다. 반역자들에게는 그곳이 유일한 희망이라 할 수 있습니다……."

그들의 말은 끝없이 이어졌다. 자신의 소속과 임무는 물론이요, 직속상관이 누구인지도.

"며, 몇 달 전 황도에서 열린 연회 중 레딘 영지의 호센드 백작이 쿠릴 영지의 안드레 백작 부인과 밀회를 나누었습니다."

"그딴 건 말할 필요 없다."

샤크가 아무 말도 하지 않고 듣기만 하자 조바심이 났는지 그들의 입에서는 급기야 제국의 백작 중 누가 다른 백작

부인과 바람을 피운다는 둥, 별 시답지 않은 얘기까지 다 튀어나왔다.

대체 몬스터인 카치카들 따위가 어떻게 그런 사실을 알고 있는지 신기할 정도였다.

덕분에 샤크는 이곳이 르메스 대륙이란 곳을 알았고, 칼드 제국의 황제 베네트 3세가 드래곤과 몬스터들을 끌어들여 대륙을 장악하려 한다는 사실을 알 수 있었다.

그리고 대륙의 서쪽에 위치한 크리오스 왕국이라는 곳이 칼드 제국에 대항하는 유일한 곳이라는 사실도 알았다.

물론 이 같은 사실은 헤나에게 물어봐도 대충은 들을 수 있었겠지만, 그녀는 워낙에 퉁명스러운 성격이다 보니 카치카들처럼 세심한(?) 설명을 해 줄 리는 없었다.

또한 오직 카치카들만이 알고 있는 특별한 정보도 그녀가 알 리 없었다. 이를테면 이 아타리아 숲에 투입된 제국의 수색 부대 병력이 무려 10만 정도나 된다는 것, 그중에는 드래곤도 있다는 사실을.

'드래곤이라.'

샤크는 잠시 팔짱을 낀 채 생각에 잠겼다. 그가 알기로 일반적인 드래곤의 능력은 최소 상급 마족 이상이었다.

개중에는 최상급 마족을 능가할 만큼 강력한 녀석들도

있을 뿐 아니라, 아주 희귀하지만 마왕에 육박할 만큼 강한 전투력을 보유하는 경우도 있다 했다.

물론 그래 봤자 샤크가 본래 능력을 회복하면 손톱의 때만도 못한 가소로운 존재에 불과하겠지만, 인간으로 갓 태어난 지금과 같은 상황에서 드래곤과 조우하게 되면 상당히 낭패를 겪을 가능성이 높았다.

'가능하면 당분간은 놈과 만나지 않기를 바라야겠군.'

다행히 카치카들에게 들어 보니 이 아타리아 숲은 매우 방대했다. 웬만한 왕국 서너 개를 합친 것처럼 넓은 영역에 방대한 밀림지대가 펼쳐져 있는 것이다.

따라서 10만이나 되는 수색 병력이 투입되었다 해도 그들 대부분이 소규모의 조 단위로 분산되어 있는 이상 그리 걱정할 필요는 없었다. 대규모 병력이 주둔하고 있을 크리오스 왕국의 국경 지대에서나 조심하면 될 것이다.

드래곤도 마찬가지다.

그가 작정하고 노리는 목표가 아니라면, 우연이라도 그의 눈에 띌 가능성은 그리 높지 않으리라.

그렇다 해도 샤크로서는 꽤 조심할 필요가 있었다. 설불리 움직이기보다는 어딘가 은밀한 곳에 숨어 한동안 만상무극심법을 운용하는 것이 현명한 일일 것이다.

즉, 적어도 드래곤 정도는 가볍게 제압할 정도로 경지를 높여둔 이후에나 르메스 대륙을 활보하는 것이 좋지 않을까?

본래라면 그는 당연히 그렇게 했을 것이다. 그러나 카렌을 똑 닮은 여성 헤나와의 약속을 지키기 위해 그녀를 따라나섰다.

'약속은 했으니 그녀를 보호해야 함은 당연하다.'

약속은 반드시 지켜야 한다. 설혹 그로 인해 곤란한 일이 벌어질 지라도 말이다.

일루전들처럼 자신의 약속에 얽매지 않는다는 말도 안 되는 변명을 하며 추악하게 구는 것은 협의에 어긋나는 일이다.

그러려면 처음부터 약속을 하지 말아야 한다. 지키지도 않을 약속을 대체 왜 남발하는가? 그것은 그 순간 듣기 좋은 말로 상대를 속이려는 가증스러운 짓일 뿐이다.

물론 샤크 역시 약속을 한 번 어기려 한 적은 있었다. 르티아를 살려주겠다고 해 놓고 죽이려 했던 일이었는데, 그 이유는 그가 너무 추악한 악인이라서 그랬다. 그때 샤크는 카렌에게 원망을 들을 각오하고 르티아를 죽이려 했던 것이다.

그러나 헤나의 소원을 들어주겠다고 한 약속은 그와 다

르다. 그녀가 르티아와 같은 악인도 아니며, 특히나 반드시 크리오스 왕국으로 가야만 하는 절박한 상황인 것이다.

따라서 샤크는 유사시 드래곤을 만나 낭패를 당하는 상황이 벌어질 지라도, 헤나와 리닌이 크리오스 왕국에 무사히 도착할 때까지 보호해 주기로 했다.

'한편으로 긴장감이 생기니 좋긴 하군.'

그의 무극지기는 위기 상황일수록 빠르게 쌓인다. 따라서 어딘가 으슥한 곳에 처박혀 종일 만상무극심법을 운용하고 있는 것보다, 생사의 결투를 하며 치열하게 싸우는 편이 몇 배 빠르게 강해질 수 있는 것임은 틀림없었다.

지금도 마찬가지.

카치카들과 사실상 전력을 다해 싸웠던 터라 그 사이 샤크는 밤새 심법을 운용했을 때보다 더 많은 무극지기를 얻을 수 있었다.

카치카들의 설명을 듣는 동안 그의 몸은 충분한 휴식을 취했고, 그로부터 새롭게 얻은 무극지기가 추가되어 아까와 비할 수 없이 강해졌다.

거기서 끝이 아니었다.

자칫하면 드래곤과 조우할 수도 있다는 긴장감이 생기자, 무극지기의 흡수가 절로 빨라지기 시작했다. 이대로라면 예상보다 훨씬 빠르게 무극지기를 쌓을 수 있을 것이다.

그때 자신들이 알고 있는 모든 사실을 다 실토한 카치카들이 기진맥진한 기색으로 애걸했다.

"사, 살려만 주신다면 평생 노예가 되어 충성하겠습니다."

"제발 살려 주십시오."

순간 샤크는 의미심장한 미소를 지었다. 애초부터 이 둘은 노예로 부려먹기 위해 살려 둔 것이었다. 그런 말을 꺼내지도 않았는데 알아서 노예가 되겠다고 하니 마다할 필요가 있겠는가.

그러나 샤크는 짐짓 인상을 굳히며 말했다.

"나의 노예가 되고 싶다는 거냐? 그렇다면 딱 하나만 기억해라. 배신하면 죽는다!"

"저, 절대 배신하지 않겠습니다."

"목이 날아가도 마스터를 배신하지 않겠습니다."

카치카들은 살았다는 듯 안색이 환해졌다. 그들은 마치 정말로 충성스러운 종과 같은 눈빛을 지으며 절대 배신하지 않겠다는 말을 반복했다.

그렇게 샤크는 카치카 노예 둘을 얻었다. 그들이 배신하지 않겠다 말했지만, 샤크는 그 말을 믿지 않았다. 그 믿음직했던 라우벤도 결국엔 배신했으니까.

카렌과 같은 특별한 존재는 한 생에서 한 번 마주치기도 힘들 만큼 희귀한데, 한낱 카치카들에게 그녀와 같은 의리를 기대할 수는 없는 것이다.

그렇다 해도 카치카 종들은 당분간은 제법 쓸모가 있을 것이다. 자질구레한 잡일을 시키는 데는 저만한 녀석들이 없을 테니까.

샤크는 바닥을 둘러보다 카치카 병사들 중 하나가 사용하던 단창을 집어 들었다. 널브러진 무기들 중 그나마 가장 쓸 만해 보였기 때문이었다.

'당분간은 이걸 무기로 사용해야겠군.'

곧바로 그는 창을 휘둘러 카치카들을 묶은 넝쿨을 잘라낸 후 명령을 내렸다.

"너는 저기 있는 대검을 주워 와라. 그리고 너는 저놈들의 몸을 뒤져 돈을 모두 모은 후 포대에 넣어라."

"예, 마스터."

"알겠습니다."

카치카 노예들은 샤크가 두 번 말을 하지 않도록 바람처럼 움직였다. 그렇게 샤크는 헤나가 놓고 간 그녀의 대검뿐 아니라 카치카 병사들이 소지했던 돈까지 몽땅 챙겼다.

잠시 후 헤나와 리닌이 있는 곳으로 이동하자 그녀들은

깜짝 놀란 표정을 지었다. 샤크의 뒤를 카치카 병사 둘이 따르고 있었으니 놀란 것은 당연했다.

"안심해. 이 녀석들은 나의 충실한 노예가 되었다."

"노예라고?"

"그래. 복종심은 대단한 녀석들이니 염려마라."

헤나는 어이없어하는 표정을 지었다. 저 포악한 카치카들을 노예로 부리다니 그게 말이나 되는 소리일까?

그러나 그녀는 현재 부상이 심해 샤크에게 뭐라 말할 기운도 없었다. 죽지 않은 게 다행일 만큼 극심한 부상. 그나마 지금 나무에 기대 앉아 있는 것도 마지막 남아 있던 포션을 들이부었기에 가능했다.

하지만 그녀의 상처들을 모두 치료하기에 포션의 양은 너무 적었다. 포션을 부은 덕분에 더 이상 심해지지는 않겠지만, 힘겹게 걸음을 걸을 정도로라도 회복되려면 최소 이틀 정도는 누워서 요양해야 할 상황인 것이다.

헤나는 울상을 지으며 말했다.

"미안하지만 이대로는 못 걷겠어, 샤크."

"미안해할 것 없다. 안전한 장소를 찾아 한동안 요양하면 되는 일이야."

샤크로서는 오히려 잘되었다 싶었다. 헤나가 건강을 완

전히 되찾으려면 이틀로는 어림도 없고 적어도 10여일은 필요하다. 간신히 걸을 수 있는 상태에서 몬스터들이 득실거리는 이 숲을 벗어나려는 건 죽음을 자초하는 일이니, 체력을 완전히 회복한 이후에 움직이는 것이 현명할 것이다.

물론 샤크는 그 사이 무극지기를 쌓는 수련에 집중할 생각이었다. 드래곤과 마주칠 것을 대비해야 하니까. 그렇게 이 숲에 드래곤이 있다는 사실이 그에게 적지 않은 긴장감을 제공했다.

근처에 한동안 지낼 만한 안전한 장소를 찾는 건 어렵지 않았다. 카치카들이 주변의 지형을 훤히 파악하고 있었기 때문이다.

"케켓! 저기 계곡을 따라가다 보면 오래된 폐허가 있습니다. 지하에는 비교적 멀쩡한 석실들이 많이 있지요."

"좋아. 그곳으로 안내해라."

"예, 저를 따라오십시오, 마스터."

길안내를 하는 녀석에게는 모든 등짐을, 다른 녀석에게는 헤나를 없게 했다. 그 사이 헤나는 고통에 지쳐 혼절해 있었다. 샤크는 리닌의 손을 잡고 느긋하게 걸었다. 리닌이 울먹이며 물었다.

"샤크 아저씨, 엄마는 괜찮을까요?"

"물론이다, 리닌. 엄마는 금방 회복 될 거야. 당분간 우린 안전한 장소에 머물 테니 안심하거라. 그보다 아직 소원은 생각나지 않았느냐?"

크리오스 왕국까지 무사하게 도착했으면 좋겠다는 소원을 말한 헤나와 달리 리닌은 아직 소원을 말하지 않았다.

사실 샤크로서는 기왕이면 거창한 것이 나오기를 바라고 있었다. 명색이 마왕, 아니, 이제는 초월자가 된지도 오래되었는데, 그런 그에게 있어 헤나의 소원은 너무 소박했던 것이다.

그래서 리닌에게 거는 기대가 컸다. 리닌은 어린아이다 보니 헤나처럼 현실적인 것을 일일이 고려할 리는 없었다.

그야말로 아이 같은, 어른들로서는 감히 생각도 못 한 무모하거나 기괴한 소원이 튀어나올 수도 있는 것이다.

그렇다 해도 샤크는 협의에 어긋나지 않는 한, 또한 그의 능력으로 가능한 것이라면, 무조건 들어줄 생각이었다.

'후후, 리닌이 과연 어떤 소원을 말할까?'

샤크가 내심 바라는 항목들은 있었다.

'정의의 용자가 되고 싶어요.'

이것이야말로 그가 가장 듣기를 원하는 것이다. 좀 더 있어야 파악이 가능하겠지만, 카치카들에게 들은 사실만으로 추정해 보자면 이곳 대륙에는 용자가 존재하지 않는 듯했기 때문이다.

대륙을 수호하는 용자가 없으니 사악한 드래곤들과 몬스터들이 작정을 하고 인간들을 괴롭히고 있는 것이 아니겠는가.

'그 칼드 제국의 황제라는 놈은 여러모로 수상한 점이 많아.'

드래곤을 부하로 부릴 정도면 그는 절대 평범한 인간이 아닐 것이다. 최소한 드래곤 아니면 마족, 혹은 마왕일 가능성도 없지 않았다.

마왕이 용자가 지키지 않는 대륙을 발견했다면 그것처럼 신이 나는 일은 없을 테니, 그는 온갖 사악한 방법으로 인간들에게 고통을 가할 것이다.

이런 식으로 몬스터 제국을 만들어 인간들을 괴롭히는 것도 마왕들이 쓰는 전형적인 수법 중의 하나였다.

단숨에 쓸어버릴 수 있으면서도 그렇게 하지 않는 이유는 무엇일까? 마왕들에게는 인간들이 막연한 희망 속에서 발버둥치는 모습을 보는 것에서 희열을 느끼는, 그야말로 지극히 사악한 취향이 있기 때문이다.

'아니면 황제에게 아직 이 대륙을 모두 장악할 만한 능력이 없을 가능성도 있겠군. 그렇다면 놈은 마왕이 아니라 마족일 수도 있어. 최상급 마족 정도라면 드래곤들까지 부리는 건 그리 어려운 일이 아니겠지.'

샤크는 고개를 끄덕였다.

'그래. 그렇다면 크리오스 왕국에 혹시 용자가 있을 수도 있겠군. 드래곤까지 부리는 최상급 마족이나 마왕에 맞서 왕국을 안전히 지킬 정도면 말이야.'

샤크는 여러 가지 가능성을 염두에 두고 있었다. 용자가 있으면 다행이겠지만 용자가 없다면 용자를 만들어야 할 것이다.

그래서 그는 리닌을 기대 가득한 눈빛으로 쳐다봤다. 그녀의 입에서 부디 용자가 되고 싶다는 말이 나왔으면 했다.

아니면 하다못해 '칼드 제국을 멸망시켜 주세요!' 라는 말 정도는 나와 주어야 그의 체면이 설 것이다. 명색이 전직 마왕에 초월자인 그가 하찮은 소원을 들어주었다는 소문이 나기라도 한다면 창피해서 얼굴을 들을 수도 없을 테니까.

물론 그런 소문이 날리는 당연히 없겠지만, 말이 그렇다는 것이다. 정확히는 샤크의 심정이 그렇다는 뜻이다.

"아직도 생각이 안 났느냐?"

"생각 중이에요. 지금 꼭 말해야 하나요?"

리닌의 눈은 반짝였다. 정말로 신중하게 생각해서 말하겠다는 의지가 가득해 보였기에, 샤크는 입가에 절로 미소가 지어졌다.

"지금 꼭 말하지 않아도 된다. 정말로 네게 이루어졌으면 하는 소원이 떠오르면 언제든 말하면 돼."

그 말과 함께 샤크는 리닌에게 용자가 어떤 존재인지에 대해 은근슬쩍 설명을 해 주었다.

혹시라도 리닌이 용자라는 존재가 있는지조차 모를 수도 있다는 생각에서였다. 소원 또한 아는 범주에서 나온다. 용자가 뭔지도 모르는데 어찌 용자가 되겠다는 소원이 나올 수 있겠는가.

자칫하면 그냥 '비스킷이 먹고 싶어요.' 혹은 '장난감이 갖고 싶어요.' 라는 정말 그 나이의 아이들이 원하는 아이 같은 소원이 튀어나올 수도 있는 것이다.

따라서 샤크는 로닌에게 은근히 용자에 대한 꿈을 심어 주고 있었다. 즉, 가능하면 용자가 되고 싶다는 소원을 말하도록 조장하는 중이었다.

과연 샤크로부터 용자와 마왕에 대한 얘기가 나오자 로닌의 두 눈은 휘둥그레 커졌다. 샤크의 예측대로 로닌은 용자가 뭔지 모르고 있었던 것이다.

"정말로 용자가 되면 마왕도 이길 수 있어요? 그럼 칼드 제국의 황제도 이길 수 있겠군요."

"하하, 물론이다. 아마도 네가 용자가 된다면 엄마가 저렇게 고생을 하지 않아도 될 것이다."

"아, 그렇군요."

엄마가 더 이상 고생하지 않을 것이라는 말에 로닌의 눈이 환하게 반짝인 걸 보니 확실히 뭔가 마음이 동하는 듯했다.

'후후, 바로 그거다.'

샤크는 회심의 미소를 지었다. 확실히 효심을 자극한 것이 효과가 있었던 것일까? 이 정도면 이제 로닌의 입에서 용자가 되고 싶다는 소원이 나오든가 아니면, 최소 칼드 제국을 없애 달라는 말이 나올 가능성이 높았다.

로닌이 눈을 빛내며 말했다.

"그럼 소원을 말하겠어요."

"그래. 어서 말해 보아라."

샤크는 부드럽게 미소 지으며 한없이 부풀어 있는 듯한 표정의 로닌을 주시했다.

"제 소원은 용……."

"쿠억!"

콰당!

그런데 그 순간 갑자기 앞쪽에서 길안내를 하던 카치카가 갑자기 비명을 지르며 뒤로 나뒹굴었다.

"크으윽! 적입니다, 마스터."

이에 소원을 말하던 로닌은 깜짝 놀라 입을 다물었고, 샤크는 무슨 일인가 싶어 앞을 살폈다.

'화살에 맞았군.'

쓰러진 카치카 노예의 복부에 화살이 깊숙이 박혀 있었던 것이다.

〈다음 권에 계속〉

DREAMBOOKS★